사랑의 힘과 생명의 숭고함, 이타적 헌신의 미덕을 믿는 당신의 손 위에

_____ 드림

눈에 보이지 않는 것을 믿는 일은 어렵습니다. 우리에게 진정한 믿음은 보이지 않는 것을 믿고 희망하는 일입니다. 믿음은 신념이기 때문입니다. 어쩌면 보이지 않는 것보다, 보이는 것에 베푸는 일이 더 어렵다고 생각합니다. 사랑은 실천이기 때문입니다. 구체적 실천이 함께하지 않으면 사랑은 공허한 구호에 지나지 않을 것입니다. 사랑이 가장 가까운 곳, 가장 작은 것들로부터 시작되어야 하는 이유이기도 합니다.

우리는 사실 나눌 수 있는 것을 많이 갖고 있습니다. 그러나 생명과 직결되는 '장기'를 나누는 것은 쉬운 일이 아닙니다. 생명과 사랑에 대한 숭고한 정신 없이는 불가능합니다. 이 책은 솔직하고 겸손한 자세로 남편에 대한 신장 이식 전후의 과정을 그리고 있습니다. 무엇보다 인간과 삶에 대한 깊은 이해와 무한한 신뢰, 고통을 받아들이고 신을 마주하는 겸허한 자세가 감동의 빛을 발합니다. 저자의 진정한 사랑에 경의를 표합니다.

염수정 추기경 • 천주교 서울대교구 교구장

인간은 신의 숨결이 스민 고귀한 존재이다. 인간의 마음속에 지극하고 숭고한 신의 '뜻'이 깃들어 있다는 말일 텐데, 세상이 암울하기만 한 것은 인간이 그 '뜻'을 헤아리지 못하기 때문이리라.

마음이 납덩이처럼 무거운 시절에 모처럼 가슴이 뜨거워지는 글을 만났다. 류정호 선생의 글은 우리가 잊고 지내던 사랑의 지고지순한 가치를 일깨워 어둡고 우울한 세상에 한 줄기 빛을 드러낸다. '베풂'과 '나눔'의 미덕이야말로 우리가 살펴야 할 신의 '뜻'이 아닐까. 저자의 웅숭깊고 정갈한 성품과 글의 진정성으로 인하여 읽는 내내 따뜻하고 행복했다.

정호승 • 시인

몸무게와 키를 재듯 사랑의 무게를 잴 수 있으면 좋으련만 우리는 자신이 지닌 사랑의 무게를 알지 못한다. 그런데 류정호 선생의 글에서 사랑의 무게를 재는 법을 배웠다. 남편에게 신장을 내어주는 희생적 사랑이 그 전부가 아니다. 오늘에 이르는 사랑의 여정이 지혜를 동반하며 일궈 낸 아름다운 오솔길이기 때문이다. 글에 담긴 남다른 안목과 따뜻한 시선은 우리가 잃어버린 언어를 다시 길어내듯 우리의 삶을 돌아보게 한다. 차를 가운데 두고 마주하듯 인연을 소중히 여기는 생명 철학으로 우리 모두를 아우르며 고통 속에서 피어난 웃음을 선사하고 있다.

이향만 • 전 가톨릭의대 인문사회의학과 교수

신은 우리에게
두 개의 콩팥을 주었다

신은 우리에게 두 개의 콩팥을 주었다

초판 1쇄 인쇄 2021년 1월 5일
초판 1쇄 발행 2021년 1월 11일

지은이 류정호
펴낸이 정해종
디자인 유혜현

펴낸곳 ㈜파람북
출판등록 2018년 4월 30일 제2018-000126호
주소 서울특별시 마포구 양화로 12길 8-9, 2층
전자우편 info@parambook.co.kr **인스타그램** @param.book
페이스북 www.facebook.com/parambook/ **네이버 포스트** m.post.naver.com/parambook
대표전화 (편집) 02-2038-2633 (마케팅) 070-4353-0561

ISBN 979-11-90052-55-9 03810
책값은 뒤표지에 있습니다.

2020년 12월 30일 교회인가(천주교 서울대교구)

신은 우리에게
두 개의 콩팥을 주었다

류정호 지음

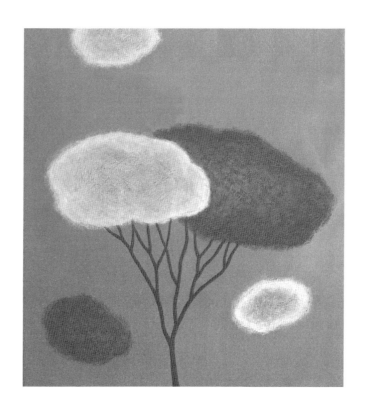

파람북

AMOR VINCIT OMNIA

사랑은 모든 것을 극복한다

좀 더 진한 사랑이 담기기를

투석만큼은 피하고 싶었습니다. 그러나 한 번 망가진 콩팥은 되돌리기 어렵더군요. 환우들이 한쪽 팔을 내놓은 채 투석줄에 자신을 맡기고 있는 인공신실은 형장과도 같았습니다. 투석기에서 연신 돌아가는 붉은 피가 어찌나 처연하던지요. 시간이 지나면 형장도 익숙해지는 모양인지, 삶의 난관을 배회하는 남편 곁을 지키며 짧은 글을 쓰기 시작했습니다. 틈이 날 때마다 끄적여온 글이 점점 부풀어 올라, 이식 후 여섯 달이 지나는 동안 예상치 않게 책으로 엮였습니다.

'고통은 선물이다.'

닳고 닳은 이 말도 아픈 사람에게만은 하지 말라고 했습니다. 저 또한 아픔 앞에서 한탄하고 원망에 빠졌더라면 그럴싸하게 포장된 저 말에 계속 분노했을 것입니다. 그런데 생각을 정리하다 보니 이 말이 정말 가슴으로 다가오더군요. 유한한 삶에 무한한 욕심과 기대를 욱여넣고 살던 내가 남편의 병마를 지켜보면서, 우리 부부의 이식 과정을 경험하면서 생로병사의 뜻을 다시 짚어보게 되었습니다.

어쭙잖은 글이지만, 이 글로 인해 아픈 이를 바라보는 눈길에 좀 더 진한 사랑이 담기면 고맙겠습니다. 모든 이들이 아프더라도 외롭지는 않았으면 좋겠습니다. 인간에게 아픔은 어쩔 수 없는 일이지만, 외로움은 그렇지 않으니까요. 우리 부부 또한 주변의 격려와 신의 보살핌 덕분에 지금까지 잘 견뎌낼 수 있었습니다. 고통을 이겨낼 수 있도록 힘을 청하는 기도가 하루에도 몇 번씩 입안을 맴돌았고, '감사합니다'가 모든 말의 꼬리표가 되거나 머리말이 되었던 시간이었습니다.

사람의 길은 진정 외길이 아니었습니다. 우리 부부의 이식 전과 후를 진심으로 돌봐주신 은인 보라매병원 이식센터장 정인목 교수님과 이정표 교수님, 그리고 의료진들께 깊이 고개를 숙입니다. 그리고 촛불처럼 번져가던 주변의 사랑과 기도는 잊지 못할 또 다른 은혜였습니다. 섣부른 글을 책으로 엮어주신 출판사에도 두 손 모아 감사드립니다. 그리고 지상에서 가장 소중한 가족의 이름을 다시 불러봅니다. 너희로 인해 따뜻했다. 고맙구나.

2021년 새해 들머리
아인 류정호

차례

II 겸허히 받아들다

오직 당신만이 하실 수 있습니다

아주 오래전 세상의 모든 것이 생길 때였다. 이성으로 판단하는 데 길들어진 오늘날의 사람들은 도무지 납득할 수 없는, 천지의 모든 것이 신의 한마디 말로 창조되던 때였다.

첫째 날, 신은 하늘과 땅을 만들고 빛을 만들었다. 이튿날부터 낮과 밤에 이어 하늘에 빛을 만들고 하늘과 땅과 바다에 많은 것들을 우글거리며 살게 했다. 그 많은 것은 '생겨라'라는 신의 한마디 말로 생겨났다. 엿새가 되자 그 많은 것을 만들 때와 달리 신의 새로운 창조 계획은 특별하고도 은밀했다. 자신과 닮은 사람을 곁에 두고 싶었던 것이다. 그래서 이번에는 자신의 모습으로 흙을 빚고 숨을 불어넣었다. 흙으로 빚은 신의 형상에 신의 숨결이 들어가자 사람이 되었고, 사람은 곧 일어나 걸었다. 산들바람이 부는 동산을 거니는 사람의 모습은 아름다웠다. 신은 흡족했다.

창공을 날아가는 새에게 이름을 붙이고 땅에서 돋아나는 풀들에게 말을 거는 사람이 참 흐뭇하고 좋았는데, 바람결에 우두커니 혼자 서 있는 모습은 보기에 좋지 않았다. 사람은 처음부터 고독했다. 지는 노을을 망연히 바라보는 사람의 얼굴에서 외로움을 간파한 신은 그의 협력자를 만들 계획을 했다. 사람은 흙으로 빚어냈지만, 그의 짝은 그의 몸으로 지어내고 싶었다. 사람을 잠들게 했고, 잠든 그의 몸에서 갈빗대를 빼내어 그의 짝을 만들었다. 신의 신비로운 계획으로 만들어진 협력자를 사람에게 데려오자, 사람은 저절로 마음이 끌려 짝에게 다가갔다. 그리고 기쁨에 겨운 큰 소리로 부르짖듯 외쳤다.

"내 뼈에서 나온 뼈요, 내 살에서 나온 살이로구나! 남자에게서 나왔으니 여자라 불리리라."

이로써 사람은 남자가 되고, 사람의 협력자는 여자가 되었다. 신이 빚어낸 남자가 자신의 갈빗대로 만들어진 여자를 만난 첫날이었다. 남자는 여자와 한 몸이 되었다. 부부가 된 것이다.

수술 하루 전날이다. 환자복으로 갈아입고 병실을 둘러보았다. 병동 복도의 끝에 있어 그런지 기척이 들리지 않는 고즈넉한 병실이다. 동그란 거울 아래 세면대가 있고, 옷 한두 벌을 걸 수 있는 좁다랗고 긴 옷장, 작은 냉장고와 작은 테이블 곁에 의자 두 개가 있다. 병상 옆에 놓인 파란 시트가 덧씌워진 간이침대는 쪽잠을 잘 수 있을 만큼 넓다.

창밖은 먼 북한산의 산세가 선명히 드러나는 맑은 하늘이다. 가까운 성당의 종탑이 그림 같은 풍경으로 솟아 있다. 창 아래를 굽어보았다. 상수리나무, 떡갈나무들이 한데 어울린 활엽수종이 병원 둘레를 따라 작은 숲을 이루었다. 숲 사이로 난 오솔길을 걸을 때는 저렇게까지 우거졌으리라고는 생각하지 못했다. 나무의 굵기나 잎들, 길옆으로 피어나던 작은 꽃들만 보였을 뿐이었다. 멀리서, 혹은 높은 데서 바라봐야 제각각이었던 것들이 하나로 어울려 살아가는 게 눈에 들어온다.

4월 하순의 봄바람에 숲을 이루고 있는 것들이 매몰차게 흔들렸다. 홀쭉한 활엽수가 바람 따라 야윈 가지를 쓸어대고 잎사귀들은 몸을 뒤집어가며 넘실거렸다. 쏴……, 숱한 잎들이 부대끼며 서걱대는 소리가 파도 소리인 양 서늘하다. 아비의 눈을 밝혀드릴 수만 있다면 자기 한목숨 아깝지 않다는, 인당수의 거센 파도 앞에 선 심청이 문득 떠오른다. 이게 대체 무슨 신파 같은 상상인가. 하긴 큰일을 앞두고 담담할 수만 있겠나. 피식 웃음이 터져 나왔다.

주변에서는 대단하다고 엄지를 치켜올리면서도 한편 짠한 눈길을 보냈다. 몇은 어떻게 그런 결심을 했냐며 자신은 그러지 못할 거라고, 또 몇은 그야말로 숭고한 사랑이라고 말했다. 세상의 어느 부부가 아파 죽을 지경인 배우자를 그냥 둘 수 있겠으며, 죽어가는 배우자를 살릴 수만 있다면 할 수 있는 일은 다 해봐야 하지 않겠냐고 되물었다. 결혼 생활에 어찌 좋은 날만 있었을까만, 35년간 함께해온 세월이 부부는 마땅히 그래야 한다고 내게 일러주었다. 남자의 갈빗대 하나로 여자가 지어진 '창세기'가 있다면, 여자의 콩팥 하나로 남자의 생명을 살려내는 '신(新) 창세기'쯤으로 봐달라며 호기롭게 병원에 입원했다. 수술을 하루 앞두고도 숭고한 사명감이라는 생각은 들지 않았고, 두려움조차 일지 않았다. 내 마음을 지배하는 것은 단 하나의 바람뿐이다. 내가 가진 것 하나로 남편이 다시 건강해진다면…….

삶은 순간순간들이 모두 연결되어있으며, 순간과 순간이 연결될 때 의미가 발생한다. 그러니 모든 순간은 의미를 낳기 위한 이벤트라고 할 수 있다. 의도했건 그렇지 않건, 살면서 어느 한

순간도 의미의 연결망에서 벗어날 수는 없다. 의미들에 가치를 부여하고 일관성 있게 조율하는 게 내가 생각하는 인생이다. 인생은 그냥 흘러가는 게 아니라 흐름을 만들어 가는 것이다. 깊고 충만하게.

사람은 태초에 모든 것을 기획하고 창조한 신의 모습으로 지어졌고 세상으로 걸어 나왔다. 그러니 본능적으로 삶의 씨줄과 날줄을 엮어가는 감각이 뛰어날 수밖에 없으리라. 엄마의 태를 열고 세상에 나와 생명의 이름으로 신고했던 첫울음부터, 젖을 빨고 재채기를 하고 똥을 싸고 배냇짓을 하고, 돌이 지나 걸음을 떼고 두 발로 딛고 스스로 삶의 바퀴를 굴려 가던 모든 순간이 이벤트였다. 창밖의 잎들이 바람 따라 쓸려가고 다시 쓸려오듯이, 사람이 사람과 함께 더불어 사는 일 또한 이벤트였다.

인생에는 늘 어떤 일이 일어났으며, 지금도 일어나고 있다. 누구의 생도 조용히 흘러오지 않았으며 앞으로도 그러하리라. 지금껏 숱한 이벤트를 엮어왔던 우리 부부가 내일 생애 최고의 이벤트를 이룬다. 이것만큼은, 하고자 하는 마음만으로 되는 일이 아니다. 세상의 모든 이벤트를 창조하고 이끌어온 신께 엎드린다.

"지금 제가 할 수 있는 것은 없습니다. 오직 당신만이 하실 수 있습니다."

기꺼이 내어주다

목련 사이로 부는 바람

인공신실까지 길게 뻗은 복도에 창문의 네모난 그림자가 드리웠다. 창으로 들어온 햇살이 네모난 그림자마다 들어찼다. 뿌연 하늘에 진눈깨비가 추적이던 며칠 끝에 맞는 따사로운 날씨다. 신실 앞 대기실에는 검은 패딩점퍼를 입은 사내가 앞좌석의 등받이에 이마를 대고 졸음에 빠져 있다. 코로나19 바이러스에 감염된 확진자가 팔천 명에 이르고, 일흔 명이 사망했다는 뉴스가 잠든 사내의 머리맡을 지나왔다. 손을 30초 이상 씻고, 마스크를 써야 하며, 사회적 거리를 두라는 지침이 이어졌다.

병원 앞 횡단보도 위를 잰걸음으로 건너는 젊은이나 처방전을 들고 약국으로 뛰어 들어가는 아주머니, 줄지어 에스컬레이터에 오르는 환자나 외래 방문객들 모두가 마스크로 얼굴의 절반을 가린 복면의 시대다.

복면 사회가 된 지 두 달이 넘었지만, 마스크로 숨쉬기는 여간 불편한 게 아니다. 앞으로도 익숙할 수 없을 것이다. 귀에 걸린 고무줄을 고쳐 쓰며 숨을 잠깐씩 내몰아 쉬었다. 생각 없이 마시고 내쉬던 공기였다. 열린 창으로 들어온 바람결이 이마 위로 스쳤다. 공기는 살아 있는 모든 것을 살아 있게 하는 생명줄이다. 내쉬고 들이쉴 때마다 아무런 대가를 치르지 않아도 무한 제공되는 것이다. 마시는 물에 세금이 붙듯이 언젠가 공기에도 값을 치를 날이 올 것인가.

장기이식센터 상담실의 담당 간호사는 부재중이었다. 그녀를 기다리며 인공신실 앞까지 그려진 바닥의 녹색 선을 따라 서성이는 중이다. 맞은편 창밖에는 원통형 액체산소 저장고가 병원 3층 높이에 서 있다. 밝은 회색빛 가지가 미끈한 목련은 털옷 두른 봉오리 사이로 하얀 꽃이 얼굴을 뾰족이 내밀고 있다. 언젠가부터 4월의 꽃이어야 할 목련이 3월 중순에 하얀 깃을 펼쳤다. 아직도 겨울의 그늘이 남은 도시가 4월의 부활 축제를 미리 만나고 있다. 매화, 산수유, 진달래, 목련 등의 봄꽃들이 한꺼번에 피어났다. 온난화 속에서 꽃들은 자기가 피어날 때를 혼동하고 있다. 꽃이 피고 지는 순서가 무너지고 있는 것이다.

한때 친구들은 나를 목련이라고 불렀다. 시간은 급류로 흘러 목련이 하얀 꽃을 틔우던 3월에 손녀가 태어나고 나는 할머니가 되었다. 그리고 해마다 봄이 오면 뒤꼍에 선 목련 한 그루가 손녀의 눈동자에서 자라고 꽃이 피어났다. 목련꽃은 손녀가 세상 모든 꽃 중에 가장 먼저 만난 꽃이다. 손녀가 태어나고 네 번째 맞는 봄이었고, 올봄의 목련은 아가의 입술에서 '목련'이라는 제 이름으로 불릴 것이다. 나는 다시 마스크 줄을 당겨 햇볕에 데워진 공기를 깊게 들이마셨다.

　병상의 머리맡에 1번부터 31번까지 번호표가 붙은 인공신실. 오전과 오후 환자 교대 시간의 떠들썩한 소란이 지나갔다. 환자들 대부분은 왼팔의 혈관에 투석을 한다. 오른손잡이인 성조도 왼팔에 동정맥루를 만들어 혈관 투석 중이다. 잠들지 못하고 뒤척이던 그가 손짓을 했다. 마스크를 통과해 나오는 말이 잘 들리지 않아 귀를 가까이 댔다.
　"하루라도 먼저 알아야지. 마음 각오하게."
　지난 몇 년간 몇 번의 고비를 만날 때마다 깊은 한숨에 섞여 나왔던 말이다. 그의 말 언저리에는 '괜찮아요, 의심 소견이 아니랍니다. 결과가 괜찮다고 합니다'라는 기대가 한 가닥 바람처럼 흘러들곤 했다. 각오한다는 말 속에 숨은 단 1퍼센트의 기대치에 기대고 싶었을 것이다.

인간의 측정치는 오류를 전제하지 않는가. '다발성골수종'이라는 의심 소견이 인간의 판단이 빚어낸 오류였다는 것을 확인하고 싶은 것이다. 실수였다 하더라도 결코 질타하지 않으리라. 괜찮은 결과라는 기대를 붙들고 싶은 것은 나도 마찬가지니까. 간호사가 능숙하게 투석관을 기계에 꽂고 남편의 팔뚝에 대바늘같이 굵은 주사를 찌를 때마다 숨을 멈추고 지켜본 지도 몇 달이 지나지 않았던가.

"그냥 기다리죠. 이틀 후면 외래에 가서 들을 텐데. 미리 알아서 어쩌려고."

속마음과 다르게 퉁명스럽게 답을 했다. 투석할 때마다 성조의 눈은 충혈되었고, 핏발이 선 눈자위에는 무언의 호소가 담겨 있다. 나는 말 없이 신실을 나왔다.

환자의 침상이 몇 차례 들고나자 파란색 가운을 입은 상담 간호사가 신실 옆방에서 나왔다. 몇 차례 만났던 그녀는 눈웃음으로 인사를 건넸다. 성조가 몇 가지 병을 얻고부터 검사 결과를 들을 때마다 가슴께를 짓누르던 긴장감이 예외 없이 따랐다.

동그란 이마에 머리카락 몇 올이 흘러내린 간호사는 컴퓨터 모니터에서 성조의 진료 기록을 조회했다. 자잘한 영문자들이 몇 페이지에 걸쳐 내려갔다.

"전과 동일하네요. 그럴 것 같다고 나와 있어요. '모스트 프라버브리(Most Probably)'라고 뜨네요."

자신은 비전공자이기에 혈액종양내과 담당 의사로부터 들어보라고 하면서도 연민이 가득한 눈빛으로 말했다.

"신중해야 하니까요. 다발성골수종으로 가는 전 단계가 될 수도 있고, 전전 단계가 될 수도 있을 텐데……."

"생체이식을 받는 수혜자는 면역이 최저가 되어야 이식받은 신장이 자신의 몸에 적응되어갑니다. 면역이 낮아야 하니까 염증이나 암이 있으면 이식수술이 불가능해요. 그래서 신중하게 검사를 하는 거예요."

그녀의 한마디 한마디는 판관의 망치 소리가 이러지 않을까 싶을 정도로 정수리를 파고들었다.

지금까지의 검사 결과는 기대에 대한 부응이거나 좌절이거나 언제나 반반이었다. 결과의 판정에 따라 저울추가 한쪽으로 툭 떨어지기도 했고 깃털처럼 가볍게 날아오르기도 했다. 1퍼센트의 기대에 따라준 결과는 살아서 천국 문에 들게 할 구원의 메시지였고, 1퍼센트의 좌절은 곧바로 나락으로 떨어지는 것 아니었던가. 추락의 선고를 받을 때는 '아니야, 그렇지 않을 거야, 끝까지 가봐야 하는 거야'라고 검사 결과를 부정하지 않았던가.

2016년 10월 4일, 대장암 2기 판정을 받았던 성조는 자신이 천형 같은 암 선고를 받을 것이라곤 생각도 하지 못했다. 죽음에 대한 연구로 일생을 바친 의학자 엘리자베스 퀴블러 로스는 암 수술을 앞둔 환자들의 심리적 단계에 대해 말했다. '아닐 거야, 설마!'라고 부정하다가, '왜, 하필이면 내게!'라며 분노하게 되고, 타협하려 들다가 한동안 우울증에 빠지고, 결국 수용으로 자신을 받아들이는 다섯 단계를 거치게 된다고. 성조는 그 이론에 동감했지만, 직장 15센티미터를 잘라낸 수술에 이어 28회의 방사선치료도 잘 견뎠다. 예후도 좋았다. 3년 반이 되도록 종양내과의 정기검진에서 암은 괜찮다, 그러나 신장이 안 좋으니 걱정된다는 말을 들어왔던 터였다.

그런데 '다발성골수종'이라니? 혈액암 의심 소견은 벽력같이 뒤통수를 후려쳤다. 3월 초에 하늘이 갈라지는 심정으로 입원해 척추에서 골수를 채취한 결과가 이제 나온 것이다. 자다가도 '잘 될 거야, 잘 봐주실 거야'라고 가슴을 다독였다. 불길한 생각이 들면 드라마를 보거나 소설을 읽으면서 애써 잊고자 했던 지난 일주일 아닌가.

센터 상담 간호사의 짠한 눈길에 한 가닥 품었던 희망이 초조히 내려앉았다. 연민은 위로가 되지 않는다. 무거운 상담실의 문을 밀고 나올 때 '어떻게 전해야 할까, 어떤 말로 그이의 상실감을 조금이라도 덜 수 있을까, 그래도 제대로 말해야겠지.' 머릿속에 숱한 생각이 떠내려갔다. 입안이 바싹 말랐다. 이럴 때는 정말 외롭다.

"간호사는 자신이 비전공자라 잘 모르지만 그럴 것 같다고 하네요."

성조는 한 가닥 바람결 같은 희망을 품고 기다리고 있었다. 간호사의 말을 전해 듣고 그는 눈을 감았다. 참았던 숨이 마스크 밖으로 뜨겁게 뿜어져 나왔다. 목구멍까지 차올랐던 한숨으로 말하는 것이었다. 창밖으로 눈길을 돌리니 목련의 뾰족한 꽃봉오리가 바람에 흔들렸다. 나무는 바람에 흔들려야 꽃을 피운다는데……

오늘은 일단 해피엔딩!

"네, 괜찮아요. 암은 아닙니다."

혈액종양내과 담당 의사의 짧은 한마디는 가볍고 선명했다. 명징한 한마디 말에 종탑의 종들이 일제히 울려 퍼지는 듯했다. 그제야 암센터 6번 방에 봄볕이 길게 비껴들었고, 갈색 머리를 하나로 묶은 담당 의사의 앳된 얼굴이 보였다. 의사 옆 둥근 의자에 앉은 성조의 눈가에 웃음이 감돌았다.

몇 가지 설명이 더 있었지만 '암은 아닙니다'라는 한마디, 오로지 그 말 한마디면 되었다. '암이 아니다.' 다섯 글자만 귓가에서 가슴으로 내려 울려 퍼질 뿐이다. 성조는 진료실을 나오자 의자에 털썩 주저앉아 있는 내 손을 꽉 잡았다. 그가 손을 붙들자

목울대에 잠겼던 눈물이 터져 나왔다. 큰 소리 내어 울고 싶도록 기다리던 낭보가 아닌가. 울기라도 실컷 하면 좋겠다 싶은데, 복도 저 끝에서 모자로 머리를 감싼 환자와 보호자가 느릿느릿 걸어오고 있었다. 모녀지간 같은 두 사람이 내 눈물에 비춰 셋으로 넷으로 보였다. 지난 몇 년간 암센터 병동에서 천형의 선고를 받고 우는 이들을 얼마나 많이 보았나. 늘 가슴이 아리고 아팠다. 울음을 참는 것은 소리 내어 우는 것보다 슬프다.

"지옥과 천국을 왔다 갔다 하네. 고개가 참 많아. 휴……."

잡았던 손을 풀며 큰 숨을 토하던 그의 목소리에 웃음이 배었다. 아, 그의 높고 맑은 목소리가 얼마 만인가.

신장내과 담당 의사인 이 교수는 코끝에 걸린 마스크의 와이어를 누르며 성조의 소변에서 '다발성골수종' 의심 소견이 나왔다고 말했었다. 우리 부부의 이식수술 날짜를 정하자고 말하려던 참이었다. 신장 이식을 앞두고 아내에게 미안하다고 몇 번이나 말했던가. 염치없지만 아내의 신장을 받아 회복될 희망에 차 있던 성조의 눈 밑이 파르르 떨렸다. 전공의 두 명이 담당 의사 뒤에 앉아 모니터를 보며 뭔가 계속 쓰고 있었다.

"다발성골수종이 뭔가요? 암입니까?"

"네……, 혈액암입니다."

"골수를 검사해서 혈액암이라고 나오면 어떻게 해야 하나요?"

"항암치료를 해야 합니다."

성조가 묻자 "신장 이식을 거론할 때가 아니다, 확인이 먼저다, 암이 있다는 것을 알았으니 오히려 다행이지 않은가"라고 이 교수는 예의 낮은 소리로 건넸다.

'다행이라고요? 다행은 고사하고 또다시 나락으로 떨어지는 예고 아닌가요? 안간힘을 다해 벼랑을 오르는 사람을 밀어뜨리는 소리 아닙니까?'

담당 의사의 탓도 아닌데 볼멘소리가 목구멍까지 치밀어 올랐다.

그렇게 청천벽력 같은 의심 소견을 듣고 응급실 원무과를 통해 입원했던 것이 한 달 전 일이다. 이튿날 병상에 금식 표지판이 걸리고 골수를 채취할 전공의 세 사람이 왔다. 성조의 척추 부근에 점 세 개를 유성펜으로 그리던 레지던트가 시술 장면을 보시겠냐고 물었다. 남편의 곁을 지켜야 한다는 생각밖에 없던 내게 다른 답이 있을까. 병상을 둘러싼 커튼 사이에 서서 성조

의 척추에서 뽑아내던 붉은 골수를 담담히 지켜보았다. 척추에
구멍을 내는 도구는 의료기구라기에는 공작소의 공구처럼 크고
거칠어 보였다. T자형 도구로 구멍을 뚫고 관을 깊게 집어넣어
몇 차례 골수를 뽑아 올렸다. 부산 갈매기같이 호기롭던 성조는
두 팔을 위로 한 채 굽은 어깨로 엎드려 고된 시술을 참아냈다.

"왜 다발성골수종이라고 의심했을까요?"

"신장이 안 좋으면 그런 징후가 보입니다. 소변에서 그런 요
소를 가진 단백질이 발견된 거죠. 다발성골수종은 그 단백질이
10퍼센트 정도인데, 환자는 1퍼센트로 전 단계도 아니고 괜찮습
니다. 그렇지만 정기적으로 검사해 추적 관찰해야 합니다."

"그러면 이 상태에서 신장 이식이 가능할까요? 신장 이식을
준비하던 차였거든요."

"이식할 수 있어요. 다만 신장 이식 후 면역억제제를 먹어야
하는데 면역을 억제하게 되면 암이 생길 가능성이 커지니 주의
해야 합니다."

젊은 여의사는 모니터를 지켜보며 환자의 눈과 귀의 높이에
맞춰 한마디 한마디 또렷하게 말해주었다. 어쨌든 암은 아니고
이식은 가능한 상태니까, 면역억제제를 먹으면서 조심할 것 다

조심하면 되겠지, 지금까지 얼마나 많은 고개를 넘다가 굴러떨어지고, 다시 또 희망을 품고 올랐던가. 우리 부부는 험한 고갯길을 넘어온 지난 시간의 내공을 믿는다. 모자를 쓴 환자 모녀가 진료실로 들어가고 암센터 병동은 다시 고요해졌다. 고갯길에 들어설 때마다 반복하던 기도를 최근에 다시 시작했노라고 성조에게 말했다.

"이번만 봐주신다면 뭐든 시키는 대로 하겠다고 했어요. 신과 또 거래를 하게 되더라고요. 이러면 안 된다는 걸 알지만 애원하지 않을 수가 없네요."

"그러게. 신께서 또 지켜주시네."

오늘의 결과는 신의 선물이고 응답이라는 말에 성조는 고개를 끄덕였다.

이틀 전 짠한 눈길을 보내던 간호사가 성조가 투석 중인 신실로 들어왔다. 그렇지 않아도 낮에 들었던 혈액종양내과 담당의의 말을 전해야겠다고 생각하던 차였다. 담당의가 괜찮다고 하더라고 말했다.

"이식해도 된다고 하던가요?"

"네, 해도 된다고 하더군요."

이틀 전, 다발성골수종에 대한 '모스트 프라버브리'가 오늘은 이식수술에 대한 '모스트 프라버브리'가 되었다. 그러니 '노 프라브럼'이다.

오늘은 일단 해피엔딩!

산다는 것은 조용히 우는 것

성조는 환갑을 병실에서 치렀다.

5년 전 새해가 되어 한 해의 설계를 꾸릴 즈음이었다. 오른쪽 발등이 숯불에라도 데인 것처럼 벌겋게 부어올랐다. 큰 병원으로 가야 한다는 동네 의사 말에 가까운 B병원 외래를 찾았다. 당뇨병으로 순환기내과 진료를 다니던 B병원은 다급할 때 찾는 병원이었다. 동네에 있으니 응급 상황이 생기면 쉬 찾아갈 수 있어 고맙다고 입버릇처럼 되뇌던 대형 병원이다. 병원에서는 복합 검사가 필요하다며 입원 지시를 내렸다.

지난 30년간 앓아온 당뇨병이 합병증의 본색을 드러내기 시작했다. 물론 이전에도 당뇨합병증으로 의심되는 자잘한 증상이 있긴 했다. 마흔 좀 넘었을 때였던가. 설 명절을 쇠러 부산에 다녀온 후, 성조의 엄지발가락 아래로 손가락보다 굵은 물집이 생겼다. 서울에서 부산까지 왕복 운전으로 생긴 피로의 후유증이겠거니 했다. 그런데 물집이 좀처럼 가라앉지 않았다. 물집은 점점 노랗게 터질 듯 팽팽하게 부어올랐다. 그러다 성조 자신이 물집을 터뜨리고 과산화수소를 붓고 항생제 연고를 발랐다. 그게 오히려 염증 확산의 도화선이 되고 말았다. 상처가 더욱 심해져 동네 의원을 찾았더니 당뇨합병증이라고 했다. 당뇨병으로 온 첫 합병증이었다.

돌이켜보면 당뇨병을 너무 얕잡아 보았다. 물집을 바늘로 터뜨리다니! 아무리 소독된 바늘이라고 해도, 터뜨리는 순간에 균은 기다렸다가 한꺼번에 달려드는 복병이지 않은가. 어려서 웬만한 상처는 '아까징끼' 혹은 '빨간 약'으로 부르던 요오드팅크를 바르면 아물었다. 그렇게 몸에 밴 습관으로 인해 우둔한 짓을 벌인 셈이다. 몇 달 동안 의사가 발의 상처를 긁어내고 살균 약을 붓고 치료했다. 저러다 뼈까지 드러나는 것이 아닐까 생각될 정도로 상처는 깊게 스며들었다. 몇 달이 지나고 겨우 돈은 새살 위에 분화구 같은 흉터를 남기고서야 상황이 종료되었다. 하마터면 걷지 못하는 사태까지 갔을 뻔했다. 이때부터 당뇨합병증은 땅속 깊이 묻어두었던 지뢰가 터지듯 하나둘 줄달아 이어졌다.

의례적인 행사처럼 몇 차례의 입원과 퇴원이 이어졌다. 당뇨가 생기면서 82킬로그램의 건장한 몸이 70킬로그램 대로 떨어져 수척해졌고, 얼굴에는 늘 피로감이 그득했다. 당뇨병은 서서히 건강을 잠식해가는 좀비 같은 병이었다. 그때부터 철저히 당뇨병을 다스렸다면 지금의 사태를 막을 수 있었을까. 부모의 유전인자를 고스란히 물려받은 성조의 당뇨는 예고된 고혈압을 불렀고, 이 둘은 그에게 기저질환이라는 딱지를 붙였다.

환갑을 병원에서 지내면서 발등의 염증을 검사하던 중, 신장 기능이 좋지 않은 걸 알게 되었다. 그때부터 신장내과 진료를 하게 되었으니 5년이 넘은 일이다. 당뇨나 고혈압이 위협적인 병이라는 것은 알았지만 신장에 대해서는 초보 환자였던 시절이다. 신장을 콩팥이라 부르는 것도 생물 시간에 언뜻 스쳐 지난 기억으로 머물 정도였으니.

신장이란 게……, 허리 바로 위 척추 양쪽으로 200그램 내외의 어른 주먹만 한 크기라는 것. 강낭콩처럼 생기고 빛깔이 팥색을 띠어 콩팥이라는 별칭이 있다는 것. 우리 몸의 건강을 절대적으로 지켜내는 파수꾼이라는 것에 관심을 기울이지 않았던 지난날이다.

그리고 신장의 기능이란 게 우리가 먹은 음식물이나 약물에서 생긴 노폐물을 없애고, 우리 몸 안의 수분과 염분을 조절하며, 혈액과 체액의 전해질과 산염기의 평형을 조절하고, 혈압을 조절하는 등 다양한 기능을 수행한다는 사실도 나중에야 알았다. 성조는 신장 기능이 나빠지면서 혈압도 덩달아 고공으로 치솟았다. 신장과 혈압은 서로 맞물려 돌아가는 톱니바퀴와도 같다. 그리고 하나 더! 신장은 적혈구 형성을 돕는 호르몬을 분비해 빈혈도 예방한다. 이런 기본적인 정보도 모른 채 신장내과로 외래 진료 갈 때마다 빈혈 예방주사를 맞았고, 모든 게 그저 몸이 안 좋아지는 징후려니 했다.

건강은 건강할 때 지켜야 한다는 말이 건강할 때는 와 닿지 않았다. 그렇게 습관처럼 쓰는 상투적인 말도 건강을 잃고 나서야 절감하는 법이다. 굵직한 이목구비에 늠름한 체격으로 인물 좋다는 소리를 듣던 성조에게 낯선 병명이 하나씩 달라붙고 달갑지 않은 이름의 병이 풍채 좋은 그의 몸을 잠식해갔다. 건강이 발목을 잡으니 친구들과의 만남도 자연스레 줄고, 담배와 술 선물을 반기던 애연가이자 애주가였던 그도 어쩔 수 없이 흡연과 음주를 접을 수밖에 없었다. 살아가면서 즐거웠던 추억들이 그에게는 쓸쓸한 미련으로 남게 되었다.

크레아티닌과 사구체여과율 수치가 급격히 나빠지고 신장 기능이 10퍼센트 대로 떨어지자 온갖 병들이 한꺼번에 창과 낫을 들고 덤벼들었다. 피부가 가려워 상처가 생기도록 긁었고, 속옷에 핏자국을 남기는 일은 흔한 일이었다. 피부과에서 처방해준 스테로이드제 연고는 제 역할을 하지 못했다. 허리가 아파 몇 발짝 걷다가 쉬어야 했고, 기관지 염증도 아닌데 기침이 멈추질 않았다. 안 하던 딸꾹질도 기침하듯이 해댔다. 그리고 복수가 찬 것처럼 뱃살이 팽팽히 부어오르고, 눈두덩이가 처지고 얼굴은 붓고, 물은 마실수록 별의별 증상이 갖가지 형태로 드러났다. 밤에 자다가 이부자리가 흥건히 젖을 정도로 땀을 흘리기도 했다. 두 시간도 채 못 자고 일어나는 불면의 밤이 이어졌다.

숨이 차면 응급실로 오라고 했지만, 어느 정도로 숨이 차야 응급 상황인지를 가늠하지 못했다. 처방전대로 지은 약을 잘 먹고 저염도 식사와 물을 적게 마시면서 지내면 차차 나아지리라 생각했다. 그러다 지난해 말부터 성조의 고통이 날로 심해졌다. 나중에 알게 된 것이지만 신장이 나빠지면 폐에 물이 차 폐수종으로 이어져 기침이 심해진다. 가려움증, 요통, 부종 등의 증상들도 나빠진 신장에서 비롯된 요독증이었다.

"복수가 찼나?"

두 달 전이었다. 샤워하고 욕실에서 나오던 그가 터질 듯 부어오른 배를 보며 헐떡였다. 성조의 숨찬 소리에 이젠 더 이상 미룰 수 없는 중한 병이라고 감지해, 다음날 신장내과 외래를 거쳐 입원했고 투석이 시작되었다.

1월 10일부터 시작한 혈액 투석은 하루걸러 한 번에 네 시간 동안 이어졌다. 신장이 기능을 제대로 못하니 소변으로 배출되지 않는 독소와 몸 안의 수분을 투석기가 대신해 배출시키는 것이 인공투석의 기능이다. 일주일이 지나자 턱까지 차오던 숨이 차차 가라앉고, 터질 듯 부풀었던 복부도 빠져들었다. 87킬로그램까지 불었던 체중이 하루 만에 7킬로그램이나 줄었다. 두 주가 지나자 체중이 20킬로그램 줄었다. 말하자면 몸 안에 쌓였던 노폐물이 그만큼 배출된 것이다. 오늘은 투석의 기준이 되는 건체중 69.3킬로그램에 맞춰 1.4킬로그램을 줄였다. '건체중'이란 키에서 100을 뺀다는 일반적인 표준체중 계산법과 다르다. 혈압이 정상으로 유지되고 몸이 붓지 않으면서 기력이 좋을 때의 몸무게다. 투석 환자의 발목이나 정강이뼈의 부기를 봐가면서 몸

안의 독소나 수분의 배출을 가늠한 수치로, 그때그때 기준이 달라진다. 짜게 먹거나 물을 마실수록 투석기로 거쳐야 할 배출량이 늘어났다. 무엇이든 하루 이틀이 지나면 익숙해지듯이 투석 생활도 차차 익숙해져 갔다. 투석이 30회에 이르자 투석의 생활에 적응이 되어 음식이나 물의 양을 조절하면서 일주일에 0.2킬로그램 정도를 감량하게 되었다.

"신장병이 악화되어 가는 것인지 얼굴은 물기가 빠져서 푸석거렸고 몸은 야위어 있었다."

얼마 전에 읽었던 소설의 한 대목처럼 신장병이 악화되면 정말 몸에서 물기가 빠지고 푸석거리며 몸은 야위어 가는 걸까. 그것은 신장병의 악화가 아니라, 악화를 넘어서 임종에 가까워지는 징후가 아닐까. 무섭게 불어난 성조의 몸을 보면 '방조제가 뚫리고 범람한 물로 저러다 무너지는 게 아닌가' 하는 생각이 들어 시시각각 위태로웠다.

투석을 시작하던 무렵, 네 시간의 혈액 투석이 끝나면 성조는 오르막과 내리막길을 혼자 걸을 수 없을 정도로 비틀거렸다. 투석이 끝나면 걸음 떼기가 어려워 손을 잡아달라고 했다. 평상시에는 어색하다며 손을 뿌리치곤 하던 그였다. 투석이 이어지고 요독 증상이 시나브로 없어지면서 "아프니까 사랑이네"라고 농담을 건넬 여유가 생겼다. 성조의 오른손을 꼭 붙들고 걷는 어스름 길에 가로등이 켜졌다. 한 몸이 되어 걷는 두 사람의 그림자를 길게 비추던 초저녁의 기억이 벌써 두 달 전이다.

산다는 것은 조용히 우는 것이었다. 지난 몇 달 동안 소리를 삼키며 속으로 울었다.

오랜 투병에서 오가는 생각들은 발자국이 되고 길을 이루었다.

고통이 덮칠 때 주저앉아 울고만 있을 것인가, 아니면 고통에서 벗어나기 위해 애를 쓸 것인가? 고통을 겪을 때마다 그 고통이 내게 무엇을 요구하고 있는지 생각하게 했다.

이만큼 살아 보니……. 시시때때로 쪼그라들었던 마음에도 어느 순간 빛이 흘러들었다. 그리고 아무렇지도 않았던 것처럼 휘황하게 눈부시지 않던가. 삶이 가르쳐준 길이었다.

이식 전 검사, 검사, 검사

3월이 저무는 날, 병원으로 가는 길마다 벚꽃이 구름같이 피었다.

성조의 이식 전 검사 과정은 겨우 산을 하나 넘었다 싶으면 또 하나의 산이 앞을 가로막는 질곡의 고갯길이었다. B형간염이 보인다고 해서 소화기내과를 거쳤고, 심근경색의 징후가 보여 신장내과 이 교수의 붉고 무거운 얼굴을 다시 보아야 했다. 심혈관 조영 후 한숨을 돌리자 급기야 다발성골수종 의심 소견까지 맞닥뜨려야 했다. 이식수술을 위해 온몸을 스캔하지 않았더라면, 이렇게 내복된 병의 이름도 몰랐을 테지. 다발성골수종……, 뼛속까지 싸늘해지던 선고는 아득하고 도저히 넘지 못할 산이었다. 시간은 흘렀고 혈액암이 아닌, 신장이 좋지 않을 때 나타나는 증상의 하나로 판명되어 안도했다. 닿을 수 없을 것 같았던 어둡고 높은 산을 안간힘을 다해 넘은 것이다. 겨우 안도의 숨을 돌리자 이번엔 C형간염의 소견이 나왔다. 구렁에 빠지고 산에 가로막히던 진단을 몇 번 듣다 보니 간염 정도는 걱정도 안 되었다. 역시 C형간염은 음성이었다. 이렇게 깊은 날숨과 들숨으로 하루하루를 엮어갔던 두 달이었다. 달력은 한숨으로 도배된 듯 날짜의 숫자조차 희부옇게 바랬다.

신장 이식수술은 신장을 받아들이는 수혜자와 내어주는 공여자의 조직이 서로 적합한지부터 검사를 한다. 먼저 혈액형 일치에 이어 항원검사와 림프구교차반응검사와 일반 신체검사를 시행한다. 세 가지 검사가 끝나고 신장 이식수술이 가능하다고 판단되면 담당 의사와 이식 팀의 장기이식 코디네이터, 신장 수혜자와 공여자가 함께 일정을 잡아 이식수술을 진행한다. 신장을 받아들일 수혜자 성조의 우여곡절 많았던 검사는 끝났다. 이제 2박 3일간 공여자인 나의 검사가 이루어질 차례다.

집에서 가까운 병원이라 작은 가방 하나 들고 걸어가는 길에 벚나무 꽃무리가 머리 위로 구름같이 드리웠다. 생명은 생명끼리 통하는 법인지, 하얀 벚꽃 구름이 잘하고 오시라, 부디 별일 없이 오시라, 끝내 이식이 가능하다는 결과를 얻어 오시라는 격려를 보내듯 꽃잎을 화르르 쏟아 내리며 갈채를 보냈다.

코로나19의 여파로 입원실이 부족했고, 1인실이나 2인실 요청은 더욱 어려웠다. 간호사 인력도 빠듯해지자 간호 통합병동의 관리마저 어려웠고, 보호자가 간병하는 다인실 입원을 배정받았다.

이즈음 코로나19가 '팬데믹'으로 번져 살아 있는 모든 것이 위태로워졌다. 팬데믹은 이번 코로나 사태로 알게 된 낯설고 불길한 용어였다. 세계보건기구는 전염병의 경보 등급을 그 위험도에 따라 1~6등급으로 나눈다. 이 가운데 최고 경보 단계인 6등급을 의미하는 말이 팬데믹이다. 대량의 살상 전염병이 생겨날 때 쓰는 말인데, 우리말로는 '대창궐'이라고 하겠다. 중세 유럽을 휩쓸었던 흑사병이나 20세기 초에 수천만 명의 생명을 앗아간 스페인 독감이 대표적 사례다.

코로나19는 기침이나 재채기를 할 때, 또는 말을 할 때 입에서 나오는 작은 물방울인 비말이 공기를 통해 다른 사람에게 병원체의 감염을 매개한다. 그러니 마스크로 코와 입을 가리고, 30초 동안 흐르는 물에 손을 꼼꼼히 씻고, 어딜 가더라도 사람과 사람 사이를 두 팔을 벌릴 정도로 거리를 두기만 해도 코로나19 바이러스 감염을 예방할 수 있다.

해가 뉘엿뉘엿 넘어갈 무렵 병동 간호사실에서 문진을 끝내고, 네 명의 환자와 사흘 낮 이틀 밤을 지낼 병실로 들어갔다. 병상을 둘러싼 커튼 사이로 두런두런 새어 나오는 목소리로는 나이가 지긋한 환우들 같았다. 얇은 커튼이 병실 하나의 다섯 집을 이웃으로 만든다. 환자복을 갈아입고 윗옷의 단추를 채우기도 전에 검사 오더가 떨어졌다. 심전도, 흉부 엑스레이, 폐활량, 유방암 진단에 이어 신장 초음파 검사까지 순식간에 이루어졌다. 아, 산부인과 진단도 받았다. 자궁이나 난소는 육안으로는 별 이상 없으며, 자궁암 결과는 일주일 뒤에 문자로 보낸다고 했다.

성조는 머리부터 발끝까지 몸 구석구석을 샅샅이 검사했다. 조각조각 얽혀 유기체가 된 몸이라 검사할 부분이 조각조각으로 나누어졌다. 수술 직전에 면역을 최저의 상태로 유지하는 몸이 되어야 한다. 암은 물론 작은 염증이라도 발견되면 이식이 불가하기 때문이다. 이비인후과에서 코와 귀의 염증, 치과에서 치아뿐만 아니라 잇몸의 염증까지 확인하는 것도 그런 이유에서였다. 그에 비하면 공여자의 수술 전 검사는 비교적 간단했다.

마침 코로나19로 잠시 시간이 난 큰아들이 검사하는 곳마다 따라다니며 돌봐주었다. 재채기만 해도 옆 사람의 눈치를 봐야 하는 어수선한 세상 속에서도, 두 아들과 며느리는 부모의 이식 수술을 앞두고 가족이라는 따뜻한 타래로 뭉치고 있다. 혼자 있는 남자가 보기에 좋지 않았던 신이 여자를 지은 까닭은 가족을 염두에 둔 섭리가 아닐까. 남자가 여자를 만나 '내 살에서 나온 살이고 내 뼈에서 나온 뼈'라고 환호한 것은 그동안 '내가 얼마나 외로웠는지 아시오?'라는 고백이자 절규였으리라. 외로웠던 남자는 부모를 떠나 여자와 한 몸을 이루었다. 훗날 신의 신뢰를 저버린 남자와 여자는 신의 동산에서 내쳐졌지만, 그들이 이룬 가족이라는 새 동산은 신이 감춰둔 또 하나의 안식처일지도 모른다.

　병동의 다인실은 아픈 사람들의 행색과 냄새와 소리가 뒤섞여 드러나는 또 다른 세상이다. 저녁에 나온 아욱국이 김치와 뒤섞인 들큼한 냄새가 채 사라지기도 전에 옆방이 소란스러웠다. 의사와 간호사의 다급한 목소리에 이어 뛰어가는 소리가 복도를 쿵쿵 울렸다. 호기심에 이끌린 보호자들의 슬리퍼 끄는 소리도 빨랐다. 병실 건너 휴게실도 소란했다. 아프다는 것은 다급한 일이다. 공연히 살 속이 시근거려 병실을 나와 뒤숭숭한 휴게실과 반대 방향으로 걸었다. 병동 복도를 따라 걷다 보면 다용도실에서 라면 냄새가 흘러나오고, '땡!' 하는 전자레인지의 타이머 종료 알람이 뒤통수에 와 꽂혔다. 200미터를 조금 넘는 병동의 둘레를 한 바퀴 돌아 병실에 다 와 가는데, 불현듯 병동이 스산하고 흉흉했다. 하얀 천으로 둘러싸인 시신이 이웃 병실에서 천천히 나오는 중이었다. 불이 꺼진 병실에 칠흑 같은 어둠이 시신 위로 무너져 내리고, 시신을 감싼 시트는 눈이 씀벅거릴 정도로 희었다. 저녁밥을 먹다가 숟가락을 든 채 돌아가신 노인이었다. 허리가 굽은 할머니가 병실 문기둥에 머리를 기대어 흐느끼고, 초로의 사내가 할머니 어깨에 손을 얹고 있었다. 이송원은 시신이 누운 침대를 병동 출구로 천천히 이동했다. 할머니와 사내는 꾸역꾸역 끓어오르는 울음을 주먹으로 틀어막은 채 뒤를 따랐다. 한 시간 전만 해도 밥숟가락을 들던 노인이었는데, 저승길에 배곯을까 싶어 마지막 밥술을 챙기셨나 보다.

떠들썩한 소요가 지나고 구름 같던 벚꽃 무리도 잠든 밤이 되었으나, 병동은 잠을 이루지 못하고 있다. 병실을 바꿔 달라는 또 다른 노인의 고함이 휴게실에서 세차게 흘러나와 병실 문에 부딪혀 병동의 긴 복도를 울려대고 있다. 한순간 불귀의 객이 된 노인과 커튼 하나로 이웃했던 또 다른 노인이다. 그도 나도 우리는 불원에 이승을 떠날 몸이건만, 노인은 지금 그 사실을 부인하고 있다. 알아듣지 못할 말로 고함치며 오늘도 내일도 이승을 떠나지 않을 거라고 운명에 대해 항변하고 있는 것이다. 저렇게 소리쳐가며 최선으로 살아내는 거다. 아프지 않은 나도 아파가는 밤이다.

봄

복사꽃 피고
앵도꽃 피고
박새,
우짖는 봄바람에
복사꽃 지고
앵도꽃 지는데

사람아,
아픈 상처 하나 있어

사는 일에 꽃 한 송이 피어남을 알지니

이 봄

슬픈 병 하나라도 있어야겠다.

장기 하나에 담긴 한 사람의 생애

"어머니는 긴장이 안 되세요? 저는 긴장이 되어 아범에게 어떠냐고 물었어요. 그이는 생각하지 않으려고 한대요. 생각하면 복잡해진다고요. 8년을 기다리는 사람도 있대요. 아버님은 복이 많으세요."

"글쎄, 아직 긴장되거나 그러지는 않는데. 수술 날짜가 더 가까우면 초조해지려나? 그런데 말이다. 그런 일이 있어서는 안 되겠지만, 네가 나 같은 상황이라면 어찌하겠니?"

"네……. 음……, 저도 아범이 그렇다면 그래야겠지요. 그래도 어머니는 대단하세요."

"아버님은 병을 앓으면서 어깨가 처지기 시작했단다. 나는 말이야. 오랜 병으로 처진 그 어깨를 다시 세우는 일이라면 뭐든 하려고 해. 누가 뭐라고 하든 그게 나의 사랑 방식이야."

며느리와 가까운 마트로 장 보러 가는 길이었다. 가로수로 심은 느티나무의 연둣빛 여린 잎에 짙은 초록이 스며들었다. 시부모의 이식수술 날이 가까울수록 긴장되고 걱정된다는 며느리는 신장 환자의 커뮤니티에도 가입했다고 했다. 뇌사자 장기 이식을 기다리는 데 8년이 걸렸다는 글을 보았다고도 했다. 어느 유명 가수는 어머니께 자신의 신장을 이식하려던 날, 두려움에 그만 수술실을 도망치듯 나와 버렸다고도 했다. 시집와서 5년이 되도록 아픈 시아버지에게 마음을 많이 쓴 며느리다. 뽀얀 피부에 눈매가 고운 며느리에게 고맙고 미안한 마음이 들었다.

자신의 신장을 아버지께 공여하겠다는 아들을 말렸다. 아들은 앞으로 살아갈 날이 모래알 같고, 세상에서 이루어야 할 일들이 많으며, 꿋꿋이 걸어가야 할 길이 멀다. 아들의 건강과 체력은 아들 것만이 아니지 않은가. 아들에게는 여린 가족이 있다. 나는 산다는 것을 어렴풋하게나마 아는 나이가 되었고, 앞으로 걸어갈 길이 모래알처럼 많지도 멀지도 않다. 무엇보다 어미는 내리흐르는 사랑을 헤아려야 한다.

"이식하면 안 되나?"

"누가 이식해주는데……."

성조가 투석을 앞두고 혈관의 동정맥루 수술을 마쳤던 때였다. 아들 삼 형제 집안의 장남인 성조에게는 두 동생이 있었으나, 한 핏줄인 동생들에게도 장기 기증은 염두 밖의 일이었다. 아픈 형은 안쓰러우나 정작 자신은 기증할 수 없으며, 누군가 기증자가 나타나길 바랄 수밖에 없다는 게 그들의 현실이었다. 신장 이식? 그게 아무 데서나 쉬이 떼어 갖다 붙일 부품이거나, 값을 비싸게 치르더라도 손쉽게 구할 물건인가? 생명을 쥐락펴락하는 것은 그렇게 쉬운 것이 아니고, 쉽게 말할 수도 없는 것이다.

느티나무 여린 잎을 살랑이던 바람에 며느리의 검은 머릿결이 나부꼈다. 우리는 초록 숨을 쉬듯 천천히 걸었고, 한 손에 장바구니를 든 며느리는 어느 집 며느리의 이야기를 들려줬다. 15년 동안 혈액 투석을 하던 시어머니가 합병증까지 생기자 가족들은 신장 이식을 의논하게 되었다. 아들, 딸 그리고 며느리까지 혈액형과 유전자 반응을 살피는 1차 검사를 했다. 그런데 혈연관계도 아닌 며느리가 시어머니와 일치한 것이다. 결혼한 지 2년이 된 며느리는 검사 전에는 자신의 신장을 시어머니께 이식할 마음이 있었다. 막상 시어머니와 일치하자 더럭 겁이 났고 마음이 복잡해졌다. 더구나 아직 아이도 없던 터라, 남편에게 아이도 가져야 하니 자신은 기증할 수 없다고 말했다. 남편은 "아이는 없어도 된다. 미안하지만 어머니에게 이식해주면 안 되겠냐"라고 이식을 권했다. 남편에게 적잖이 실망한 며느리는 며칠 내내 밤낮없이 속을 끓였다. 시부모께 전화를 드릴 수도 없었고 앞으로 두 분의 얼굴을 어떻게 볼까 괴로웠다. 그러다 며칠이 지난 이른 아침에 시누이의 전화를 받았다. "어머니를 살려달라, 우리 어머니만 살려주면 뭐든 해주겠다"라는 말에 아이도 가져야 하고 기증할 자신도 없다고 답했다. 처음에는 미안해하며 간청하던 시누이가 나중에는 그럴 줄 몰랐다며, 그러고도 가족이냐고 소리를 지르다가 심지어 인연을 끊자는 말까지 했다는 것이다.

드라마에서 번번이 장기 이식을 소재로 삼는 것은 이런 사례가 적지 않고, 이식의 절차가 쉽지 않다는 뜻일 것이다. 당장 이식이 절박한 지경인데 뇌사자의 장기를 기다리기에는 10년, 아니 그 이상의 세월이 흘러야 할지도 모르니 얼마나 애가 타겠는가. 비가 오거나 눈이 내리는 날에는 뇌사자가 생긴다고, 생사의 촌각을 다투는 이에게 조금만 기다려보라는 의사도 있다고 들었다.

생명윤리를 공부하면서 장기 기증을 주제로 토론을 자주 가졌다. 당시에는 장기 기증과 장기 이식의 당사자가 아닌, 멀리서 바라보던 제3자였다. 어떤 논의도 원론적 입장에서 이해하고 설득하고자 했다. 장기 기증이 단지 생명을 구한다는 것만으로 마냥 긍정적이기만 할까에 대한 담론을 나누기도 했다.

　　장기 이식은 한 사람의 생애에 새겨진 어마어마한 DNA가 넘어가는 일이지 않을까. A병원 중환자실에 근무하던 동료는 현장에서 일어난 사례를 들려주었다. 장기를 이식받은 환자에게 이식 전에 없었던 행동들이 발생하곤 했다는 것이다. 담배를 손에 대지도 않았던 이가 이식수술 후 느닷없이 담배를 피우는가 하면, 느리고 침착하던 사람의 성격이 매우 조급해진 경우도 있다고 했다. 물론 그 반대의 사례도 있었다. 아직까지 임상적으로 밝혀지지 않은 현장의 사례이자 심증이었다.

　　우리 부부의 혈액형은 문제가 없었다. 성조는 AB형, 나는 A형이고 두 사람의 혈액으로 검사한 유전자 교차반응은 음성이었다. 지난 30여 년간 우리 부부는 화성 남자와 금성 여자처럼, 극심한 성격 차이로 마음고생을 빚곤 했다. 그러면서도 유명인들의 대표적인 이혼 사유가 성격 차이라는 연예계 뉴스에 코웃음을 치곤 했다. 성격이 다르다는 것은 수십 년간 굳어져 온 생활양식을 변화시킬뿐더러, 단조롭지 않은 일상으로 오히려 결혼 생활에 활기를 불어넣지 않을까 생각했으니까. 실은 이런 말은 사이가 그럭저럭 좋을 때 하는 말이긴 하다. 이성적이고 완전성을 추구하는 성조는 성격이 급한 편이다. 그러니 느리고 무딘 나를 종종 답답해 했다. 그도 나로 인해 많이 인내했을 테지만, 버럭 소리 지를 때는 어쩌자고 내가 결혼을 해서 이 지경으로 살고 있는가 하고 결혼 자체를 물리고 싶은 심정에 빠지기도 했다.

"어머니, 아범의 성격이 급해 느닷없이 소리부터 지를 때가 있어요. 어려서도 그랬나요?"

"글쎄……, 그랬던 것 같기도 하네."

"아우들은 그래도 무던한 편인데, 왜 그럴까요?"

"그러게…… 가만 생각해보면……, 그때 광견병 주사를 맞아서 그런가 싶기도 하네."

"네?"

어릴 적 골목길에서 동네 친구들과 놀던 유난스러운 개구쟁이 성조를 지나던 개가 물었다. 당시는 떠돌아다니는 미친개가 많았던 시절이라, 어머니는 어린 아들에게 광견병 예방주사를 맞혔다. 웃지 못할 이 에피소드는 성조에게 얽힌 몇몇 전설 같은 이야기 중에서도 단연 압권이다. 지금도 헛웃음이 나오지만 한 번씩 그가 소리를 지를 때면, 어릴 때 맞은 광견병 예방주사의 이상 반응인가 하고 혼자 중얼거렸다.

그러다 손가락 열 개로 다 셀 수 없었던 청춘 시절의 남자 친구들을 떠올려보며, 이만한 사람도 없다는 생각에 결혼을 물리고 싶은 마음을 접었다. 무디고 더딘 내게 딱 하나 좋은 점은 웬만한 일은 그냥 넘길 수 있는 여유가 있다는 것이다. 끓던 속도 몇 시간이면 상황 종료되던 성격이었다. 그러니 성격 차이는 오히려 축복이라고 생각한다. 이혼 사유로서의 성격 차이는 어찌보면 '차이'라기보단 상대에 대한 뿌리 깊은 '부정'이 아닐까 싶다. 물론 이조차도 함부로 단정할 수는 없다. 겪어보지 않은 자는 겪은 사람의 천금 같은 진실을 감히 넘볼 수 없으니까.

이식수술 후 만에 하나라도 DNA가 교차하면서 성격이 바뀌는 기적이 있다면, 나의 더딘 유전자가 그의 급한 성격에 살짝 기름칠해주시기를!

며느리와 헤어져 성조가 투석 중인 신실로 들어갔다. 건너편 병상에서 환자가 뒤척일 때마다 투석기의 알람이 간헐적으로 울렸다. 자그마한 간호사가 종종걸음으로 환자에게 다가갔고,

바로 누우라고 권하면서 투석기를 조정했다.

투석을 시작할 때부터 마칠 때까지 네 시간 동안 매시간 혈압과 체온을 측정한다. 성조는 투석 중일 때 혈압이 140대에서 160대까지 오르내렸다. 오늘은 건체중 기준으로 2킬로그램을 빼야 하므로 투석관을 통해 배출시켜야 하는 노폐물의 양이 2,000시시다. 그래서 혈압의 수치가 오르고 내리기를 반복하는 것인지…….

태생적으로 열이 많은 성조는 투석할 때마다 체온이 널뛰기 해 곤욕을 치른다. 오늘은 37.6도가 나왔다고, 내일 호흡기 안심 진료소에서 코로나19 바이러스 검사를 하고 오라는 지침이 내렸다. 아버님은 겨울철에 냉면을 드시면서도 이마에 흘러내린 땀을 닦으셨다. 열이 많은 체질이 유전적 요인이라 해도 검사에 예외를 두지 않는 게 신실의 엄격한 규정이다. 한 사람이라도 양성반응이 나오면 신실은 곧바로 폐쇄된다. 규정이 그러하니 내일 호흡기 안심진료소에서 검사를 받아야만 한다.

병원 정문 앞에 임시로 세워진 호흡기 안심진료소가 바람에 노출되어 있었다. 환자 대기석 위에 처진 차양막이 꽃샘바람에 푸르르 큰 소리를 내며 떨었다. 진료소 앞 바위틈에는 듬성듬성 피어난 진달래꽃이 갈피를 못 잡고 흔들렸다. 성조의 차례가 되어 진료소로 들어갔고, 방호복을 입은 의료진은 "이상 없습니다!" 판정을 내렸다. 아무런 이상이 없었다. 만에 하나 코로나19 바이러스 양성 판정이 나오면 투석이고 이식이고 다 강 건너 일이 될 뻔했다. 인간의 몸은 과학이나 수학으로 증명되지 않는 비공식적이고 비상식적인 체계로 이루어진다. 사람마다 체질이 다르듯 투석할 때의 반응도 제각각이다. 태생적으로 열이 많은 성조는 다음날 투석 때도 체온이 37.5도가 넘었다가 다시 떨어졌다.

자존심 없는 왕비로 살진 않겠어요

"류 선생도 이젠 결혼해야지. 내가 중매를 서고 싶은데."

코끝에 걸친 안경 너머로 눈을 가늘게 뜨고 교무부장이 다가오자, 난롯가에 섰던 동료 교사 몇이 자기가 중매를 서려던 참이었다고 한마디씩 거들었다. 나를 영부인이라고 부르던 박 선생은 신랑감의 이상형에 대해 물었다. 얼마 전 교장 선생님이 며느리로 삼고 싶다고 회식 자리에서 넌지시 말을 건넸던 참이라, 동료들의 시선이 내게 쏠렸다.

20대 후반은 내 생애의 전성기였고, 르네상스 시대였다. 사교의 폭이 넓어 허물없이 지내는 남자 친구가 많았지만, 딱히 애인은 없었다. 신랑감에 대한 기준이나 이상형은 그때그때 달랐다. 생각해보면 첫 만남에서 '바로 이 사람이다'라고 느낄 수 있는 막연한 영감을 믿었던 것 같다. 백마 탄 왕자님을 꿈꾸던 사춘기적 몽상의 연장이었으니, 결혼하기엔 철이 한참 덜 든 나이였으리라.

어떤 사람을 배우자로 만나고 싶은가, 하고 물어오면 어물쩍 넘어갔다. 어떤 사람이 신랑감으로 좋으냐니, 참 어리석고 막연한 질문이지 않은가. 여기저기서 신랑감을 소개한다고는 하나, 그렇다고 시장에서 상품 고르듯 예비 배우자를 선택한다는 게 영 내키지 않았다. 허물없이 지내던 남자 친구들이 슬쩍슬쩍 러브콜을 보내오고, 사람들 말처럼 혼기 꽉 찬 나이가 되어가자 어리석고 막연했던 질문에 대한 답이 스멀스멀 올라왔다. '편하고 존경심이 생기는 사람'이라는, 질문 못지않게 막연한 답이었다. 허세로 치장한 남자 친구 몇을 보면서, 자신에게 당당하고 거리낌 없는 사람이라면 평생을 함께 도모할 수 있겠다는 생각이 들었다. 아마 나잇값 한답시고 내놓은 궁색한 답이었을 것이다.

편하면서도 존경심이 가는 사람은 대체 어떤 사람일까. 후에 성조를 만나고서야 그 답을 찾았다. 솔직하다는 것은 스스로 존경을 간직한 사람이다. 부를 좇아 허세가 난무하는 세상에서 소박한 삶을 따르며 자신에게 정직한 사람은 무엇보다 믿음직하지 않던가. 그렇게 혼기 꽉 찬 처녀의 마음에 배우자의 이상형이 자리 잡기 시작했다.

엄마는 6·25전쟁이 터지고 1·4후퇴 때 부산으로 피난을 왔다. 일찍 홀로 된 엄마는 국제시장에서 간단한 옷가지를 파셨다. 딸 넷을 키우려니 번번이 근처 식당에서 물 한 바가지로 점심을 때우기도 했던 엄마였다. 앉은뱅이책상에서 밤늦도록 공부하던 나는 뙤약볕에 갈라진 엄마의 까만 발등을 보며 졸음을 쫓아내곤 했다. 엄마의 고생을 덜어드려야 한다는 일념으로 대학을 갔고, 대학 내내 중고생을 대상으로 과외 아르바이트를 하면서 등록금을 마련했다. 잘 가르친다는 소문이 나고 개인이나 그룹 과외가 제법 들어와 학생 벌이치곤 수입이 쏠쏠했다. 수업이 끝나면 동래에서 버스를 타고 시내로 들어와 하룻저녁에 두세 곳씩 과외를 했다. 어떤 때는 문제집 위로 코피가 뚝뚝 떨어졌다. 코피가 떨어지는 소리에 졸음으로 눈꺼풀이 내려앉던 학생이 두 눈을 휘둥그레 뜨기도 했다. 코피 한 줄기가 앞길을 열어줄 청량한 바람 같이 느껴져 가난이 서럽지만은 않았다.

엄마는 '젊어서 하는 고생은 금을 주고도 못 산다'는 말을 자주 하셨다. 요즘 청년들은 자신의 로망이 금수저인데 당최 부모님이 노력을 하지 않는다는 농담을 한다. 금을 주고도 못 사는 게 고생이라니, 고생을 합리화하는 말인 듯해도 돌이켜보면 정말 금보다 귀한 경험이었다. 대학의 전공 공부보다 과외 아르바이트에 치중했던 대학 생활이었지만, 강의의 기술과 마음 읽는 법을 그때 익히지 않았나 생각된다. 누가 일러준 것도 아니었고, 책에서 배운 것도 아니었지만, 묻고 물어가면서 스스로 답을 찾아가게 하는 대화의 기술은 아르바이트 현장에서 익힌 값진 경험이었다.

학생도 나도 방과 후에 하는 밤공부라 졸음이 쏟아지는 시간이었고, 졸음을 쫓는 유일한 방법은 끊임없이 말을 시키는 것이라고 생각했다. 당시 소크라테스의 산파술을 알 리야 없었지만, 말을 시키고 질문을 던지고 답을 찾아가는 교육법은 지금까지 내가 아는 최선의 강의법이다. 그러니 고생이랄 것도 없었다. 아이들을 공부하게 만들고, 성적이 올라 원하는 대학에 들어가는 것까지 지켜본 과외 선생도 많지 않을 테니까. 어려운 형편에서 배우고 익힌 삶의 실전은 엄마의 말씀대로 돈 주고도 못 사는 천금의 경험이었다. 그런 이유에서인지 경제 형편은 살아가는 데 절대적인 조건은 아니었다. 스스로 개척해야 했던 환경에서 익힌 다양한 경험들이 이후의 삶을 규모 있게 꾸려가는 지혜로 남았으니까.

영도다리를 건너니 일제강점기에 지어진 적산가옥과 붉고 푸른 슬레이트 지붕의 단층집이 섬 기슭에 빽빽이 들어찼다. 뱃고동 울리는 부두에는 크고 작은 배들이 정박했고, 몸뻬 차림의 깡깡이 아지매들이 배 밑바닥에 다닥다닥 붙은 조가비와 벌건 녹을 벗겨내는 소리가 깡깡 울려 퍼졌다. 영하의 날씨라고 하나 바다에 쏟아지는 햇살은 언제나 봄볕이다. 눈부시게 반짝이는 바다를 옆구리에 끼고 섬을 돌았다.

미국에 있는 둘째 아들이 곧 올 거다, 그 전에 할아버지께 인사를 하러 가자는 Y사장을 따라나선 길이다. 엷은 녹색이 은은한 외제 세단은 섬 자락을 따라 구불구불 좁은 길을 부드럽게 달렸다. 학교 하나를 끼고 돌자 섬 깊숙이 감추어진 성채 같은 저택이 나타났다. 굵은 돌로 쌓아 올린 벽은 감히 넘볼 수 없을 정도로 높았다. 육중한 철문이 열리고 연녹색 세단이 미끄러지듯 대문 안으로 들어서자 파랗게 칠한 수영장이 널따랗게 펼쳐졌다. 영화 007 시리즈에서나 나오던 장면이었다. 자유당 시절 신문 기사에 '아방궁'으로 묘사되기도 했던 저택이다. 섬을 한 바퀴 휘돌아온 겨울바람이 텅 빈 수영장을 돌아 치맛자락을 휘감았다. 굵은 돌을 단단히 박아 지은 본채에 들어서니 강당같이 너른 거실이 있었고, 거실의 한쪽 벽에는 벽난로가 있었다. 역시 영화의 한 장면같이 벽난로에는 쌓인 장작 위로 불꽃이 세차게 타올랐다. 몸에 맞지 않는 옷을 입은 것처럼 모든 게 어색하고 불편했다. 잠시 후 마루 끝의 유리문이 열리고 휠체어에 앉은 할아버지가 들어오셨다. 할머니 두 분이 휠체어 양쪽을 미는 장면도 영화의 한 장면 같았다.

아! 휠체어 양쪽에 서 계신 할머니들은 할아버지의 두 번째 아내와 세 번째 아내였다. 딱 이 장면까지다. 그러고 나서 인사를 어떻게 드렸는지 어떻게 돌아왔는지, 그 이후는 만취한 사람의 기억처럼 지금까지도 가물가물하기만 하다.

결정적이었던 이 마지막 장면으로 결심이 섰고, Y사장에게는 다른 사람과 결혼하겠다는 편지를 드렸다. 며느리로 삼고자 정을 베푸셨던 그분께 지금껏 미안한 마음이 남아 있다. 그분의 아들도 참한 색시를 만났다는 소식을 나중에 들었다.

Y사장은 언니네 가게의 일등 고객이었다. 휴일이면 가끔씩 언니네 가게에 들러 일을 도와주기도 하던 때였다. 크루즈 여행객들이 부두에 내려 중앙동 일대에서 쇼핑을 할 때면 언니네 가

게를 빼놓지 않았다. 그들과 어쭙잖은 영어라도 통하던 나를 Y사장이 유심히 보았으며, "류 선생을 며느리 삼고 싶다"고 언니에게 청을 넣었다.

두 분의 할머니가 모시고 나온 할아버지는 부인을 네 명이나 거느렸다. Y사장도 S대에서 유명한 커플이었던 본처와 이혼하고, 젊고 예쁜 여인과 새 가정을 일구었다. 본처의 둘째 아들이 미국에 있었고, 그 아들의 반려로 나를 지목했던 게 저간의 사정이었다.

Y사장은 언니뿐만 아니라 엄마, 형부에게도 호의를 베풀었다. 다음 주면 나를 만나러 한국에 돌아온다는 그분의 아들이 쓴 편지를 받았고, 양가의 결혼 시나리오는 물이 오르고 마침내 상견례를 앞둔 참이었다. 그런데 넉넉한 집안에 시집가서 호강하리라 기대했던 막내가 이 결혼을 하지 않겠다고 선언한 것이다. "할아버지의 부인이 넷인 것과 Y사장의 재혼은 다 지난 일이다. 뭐든 네가 마음먹기에 달린 게 않겠냐"며 엄마와 언니는 나를 설득했다. 그러나 아무리 시대가 바뀌었다고 한들, 부인을 여럿 거느린 집안의 내력을 감당할 배짱도 용기도 내게는 없었다. 전쟁을 겪고 피난 내려와 온갖 고생을 하신 엄마의 마음을 어찌 모르겠나. 그렇지만 재산은 행복의 절대기준이 아니니까.

누군가가 답이 나오지 않는 문제에 봉착했을 때, 어느 수도원에 가서 기도하라는 귀띔을 해줬다. 그 무렵 나는 세례를 받은 지 한 달 된 풋내기 신자였다.

　　1월 셋째 토요일, 동래에 있는 봉쇄수도원을 찾았다. 철문을 두어 개 지나니 작은 기도방이 있었다. 따뜻한 온돌방에 방석이 몇 개 놓여 있고, 낮은 천장 가까이에 달린 스피커에서 수녀님들의 기도 소리가 나지막이 흘러내렸다. 아주머니 한 분이 무릎을 꿇고 앉아 있었다. 기도방이 처음인 나도 그분을 따라 무릎을 꿇었다. 머리를 조아리자 무엇을 아뢸까, 마음속에 품고 온 것을 꺼낼 새도 없이 그냥 눈물이 쏟아졌다. 사람의 몸속에 얼마나 많은 눈물이 숨어 있는지, 그 양이 궁금해질 정도였다.

　　간절함이란 온몸으로 호소하는 것이다. 서른이 되도록 내게는 그런 간절함이 없었던 모양이다. 나는 의지나 판단을 유보한 채 효도를 우선순위에 두었던 그저 착하기만 한 딸이었다. 그런 내가 나의 결단을 용기 있게 밀고 나갈 문을 보여달라고 엎드려 울었던 것이다. 가장 낮은 자세로 엎드려 간절하게 간구할 때, 신은 어떤 방식으로든 그 존재를 드러내는 걸까. 한바탕 쏟아지던 눈물 끝에 보이지 않았던 신이 마주 앉아 내게 손을 내미는 듯 느껴졌다. 그리고 눈물 젖은 휴지가 수도원 온돌방 바닥에 쌓여가던 그 시각, 훗날 시아버지가 될 어른께서 15년 만에 언니네 가게를 찾아오셨다.

깊은 물은 굽이를 틀지 않는다

"시골에 가서 민방위 중대장이라도 하면 되지요, 하하하."

그렇게 적은 월급으로 어떻게 살 거냐는 언니의 물음을 성조는 호기롭게 받아넘겼다. 장교 출신인 성조는 시골 민방위 중대장이라도 하면 웬만큼 살 수 있지 않겠냐고 농담 같은 답을 했지만, 그런 썰렁한 유머는 애당초 통하지 않을 언니였다. Y사장과 사돈이 될 꿈에 젖어 있던 언니는 머릿속으로 양쪽을 저울질하고 있었을 것이다. 예상치 못한 성조의 대답에 언니는 미소를 거두고 싸늘하게 입꼬리를 내렸다.

성조는 당시 대학생들에게 최고의 직장으로 통했던 H건설 2년차 대리였다. 가정을 꾸릴 만한 봉급을 받았지만, 그 남자는 언니가 묻는 말에 급여의 실수령액으로 대답했다. 조금 과장한다고 해서 흠이 되는 것도 아닌 마당에, 이것저것 다 떼고 쪼그라든 게 자신의 월급이라고 버젓이 말하다니! 언니는 마땅치 않게 여겼을 것이다. 그 담박함이 내게는 매력으로 다가왔지만.

일단 가게에 들어온 손님은 놓치는 법이 없을 정도로 장사수완이 좋은 언니는 그만큼 수입도 컸다. 현금을 쟁여두는 서랍에는 늘 푸른색 돈다발이 그득했다. 벌이만큼 씀씀이도 컸던 언니의 머릿속 계산에 성조의 월급으로는 막냇동생의 고생이 눈에 선했을 것이다. 언니들이 시집가고 적산가옥 2층의 너른 방두 개를 혼자 쓰던 때였다. 방 하나는 차실로, 다른 방 하나는 박물관처럼 꾸미고 제 식대로 살던 동생이 혼기를 놓치지 않을까 걱정했던 언니였다.

언니가 굳은 얼굴로 방에서 나가고 둘만 남게 되자, 성조는 저린 발을 주무르며 고쳐 앉았다. 오래전부터 알아온 집안의 아들이라 편한 마음으로 월급이 얼마냐고 물었겠지만, 언니의 무례함에 무안해진 나는 성조 앞으로 찻잔을 살그머니 내밀었다. 성조는 무슨 차냐고 물었고 향이 좋다고 빙그레 웃으며 그윽하게 마셨다. 그 남자가 되레 고마웠다.

지금까지 성조와의 첫 만남을 생생히 기억한다. 나는 보라색

니트 셔츠에 자주색 비로드 치마를 입었고, 성조는 와인색 양복 차림이었다. 어깨와 소매통이 팽팽히 당겨지도록 살집이 있고 짧은 곱슬머리는 숱이 많아 머리털이 더욱 까매 보였다. 넙데데한 얼굴에 사각형 금속테 안경 안으로 쌍꺼풀진 두 눈은 황소의 눈처럼 컸다. 인연이 되려는지 웃을 때마다 그 눈가에 자르르 겹치는 주름이 선량해 보이기까지 했다. 책상다리하고 앉기가 불편했는지 그 남자는 실팍한 다리를 자주 뒤척였다.

"저보다 한 살 많고 1월생이면 학번이 두 해 앞서야 하는데, 왜 한 해만 빠르죠?"

"고등학교 들어갈 때 재수를 했어요."

역시 이 남자는 싱거울 정도로 거침없고 솔직했다. 성조의 이 한마디에 '그래, 이 사람이면 평생 믿고 함께 살아갈 수 있겠다'라고 마음을 다잡았다. 대학교도 아닌 고등학교 입학을 위해 재수를 했다니 살짝 만만해지기도 했지만, 그 한마디에 끌렸다. 세상의 잣대에 흔들리지 않고 자신에게 당당한 사람이다. 솔직하고 당당하다는 것은 언제 어디서건 끝내 잘 살아갈 사람 아니겠는가. 언젠가부터 내 마음속에 배우자의 기준으로 자리 잡던, 편하면서도 존경심이 드는 사람이다.

기도방에 엎드려 눈물 쏟아내던 그 시각, 성조의 아버지가 언니네 가게 앞을 지나다가 우연히 들렀다. 두 집안은 오래전부터 허물없이 지내던 사이였다. 아버님과 어머니의 결혼식에 우리 엄마가 함께 사진을 찍었다는 것은 두 집안의 인연이 특별하고 깊다는 의미다.

15년 만에 언니네 가게 앞을 지나다 우연히 들른 아버님과 언니는 서로의 안부를 물었고 집안의 얘기를 나눴다. 그러다 아버님은 큰아들이, 언니는 막냇동생이 아직 결혼하지 않았다고 좋은 배필을 소개해달라는 말까지 건넸다. 반가운 해후가 끝나고 집으로 가신 아버님은 보수동 집 막내딸이 아직 시집가지 않았다고 어머니께 전했다. 어디 하나 처질 것 없이 자랑스러운 큰아들이 연애도 하지 않고, 중매자리가 들어와도 별다른 관심을 갖지 않던 차였다.

다음날 어머니께서 매파 노릇을 할 할머니 한 분과 함께 우리 집을 찾아오셨다. 인륜지대사라고 하는 혼사를 당사자가 직접 말하는 것은 법도가 아니라고 여기던 시절이었다. 어머니도 그런 풍속을 따라 매파 할머니를 중간에 세웠던 것이다. 중학생 소녀로 기억하셨던 어머니는 처녀가 된 나를 보고 가슴이 떨렸다고 나중에서야 말씀하셨다. 다음날 매파 할머니가 다시 찾아와 책상에 놓인 내 사진을 달라고 했다. 내키지 않았지만, 어른의 청이라 드렸더니 나중에 듣기를 사진으로 점을 보는 집에 가져갔다고 했다.

"이 처녀를 놓치지 마세요. 방석이 일곱 개 있어요."

점쟁이의 말에 고무된 어머니는 일주일 뒤에 아버님과 함께 성조를 데리고 다시 우리 집을 찾아오셨다. 그런데 점쟁이가 말한 일곱 개의 방석이 대체 무엇이란 말인가.

성조와 내 방에서 다담을 나누는 동안, 아버님과 어머니 그리고 엄마는 두 집안의 오랜 인연을 이야기하고 있었다. 큰언니도 2층 내 방에서 내려와 동석했다가 이내 집으로 돌아갔다. 부산으로 피난 오기 전, 엄마와 어머니는 함경남도 영흥의 한 동네에서 동무처럼 지냈다. 어머니의 이모가 우리 엄마의 친구라 어머니는 우리 엄마를 이모라고 부르며 따랐다고 했다. 6·25전쟁이 터지고, 부산으로 피난 내려온 어머니와 엄마는 국제시장에서 다시 만났다. 처녀였던 어머니께 중매자리가 들어오자 우리 엄마와 결혼을 상의하기도 했다. 아버님을 처음 보고는 '믿을 만한 사람이고 가정적으로 보인다'며 결혼을 적극적으로 밀었던 엄마였다. 두 분의 결혼식에 엄마가 하객으로 참석했으니, 양가의 인연은 반세기를 넘은 셈이다. 그 후, 어머니는 중학생인 나를 고운 소녀로 마음에 간직하셨다. 그때 엄마가 미제 전기다리미를 팔면서 "이 다리미는 네 며느리까지 쓸 거야"라고 했다고 다리미를 쓸 때마다 말씀하셨다.

아버님은 만주에서 고등학교를 마치고 북경대학교 법학과 2학년까지 다니셨던 인텔리였다. '법 없이도 사는 사람'이란 달리 해석하면 융통성 없는 사람을 두고 하는 말이기도 하다. 그런데 아버님은 '법 없이 사는 사람'을 직역해야 할 분이었다. 소탈한 아버님은 매사에 욕심이 없고 도덕적으로 인간의 품위를 지키는 사람이었다. 삿된 일들에 곁눈질 한번 하지 않은 아버님이었다. 그러니 빠듯한 월급으로 아들 셋을 키우느라 어머니의 살림 솜씨는 동네에 소문이 자자할 정도로 알뜰할 수밖에 없었다. 9년 전 아버님께서 돌아가시자 조문객들은 아버님에 대한 칭송에 입을 모았다. 6·25 참전 용사였던 아버님께서 현충원에 안장되던 날은 티 없이 맑은 하늘에 산들바람은 어찌나 청량한지, 사람들이 아버님을 닮은 날씨라고들 했다. 아버님은 유난히 가족에게 헌신적이었다. 성조가 태어나는 날부터 쓰기 시작한 5년 동안의 육아일기는 우리 집안의 값진 유산이자 자랑거리로 남아 있다. 열을 키우는 욕심보다 하나를 바르게 가르치시던 소박한 분이

셨다. 이런 부모님 아래서 자란 성조였다. 나는 자존심과 평화가 없는 왕비보다, 소박하고 평범한 사내의 아내가 되기로 했다.

결혼은 감정이나 본능에 이끌리는 것이 아니라 선택의 문제다. 인격적이고 자유로운 의지로 선택해야 한다. 사나이의 기백이 물씬했던 성조가 막상 남편이 되자 내 감정을 살펴주지 않아 이따금 서러웠다. 돌이켜보면 나 또한 나의 서러움에만 매달릴 뿐이었다. 남자와 여자가 각자 떠나온 별이 달라 그랬다는 것은 한참을 부대끼며 살아내야 깨달을 수 있는 진실이었다. 비록 살뜰하지는 않지만, 성조는 지금껏 부부가 맺은 신뢰를 저버린 적이 없다. 깊은 물은 소리가 나지 않고 굽이를 틀지 않는 법이다. 부모님께서 그랬듯이 성조는 요란한 소리가 아닌 마음으로 말하는 법을 아는 사람이다.

이 글을 쓰면서 성조의 치부 같은 병력을 주저리주저리 드러냈다. 그런가 하면 자랑으로 느껴질 수도 있을 만큼 그의 묵직한 성품에 대해 말이 많았다. 뭐 그럴 수도 있겠다. 자랑하고자 하는 마음에는 사랑의 감정이 은근히 들어 있으니까. 아직도 일곱 개의 방석이 무엇인지 모르겠지만, 돌아보면 성조가 내게 일곱 개의 방석이었다.

나로 인해 누군가 웃을 수 있다면

신장 이식 수술을 일주일 앞둔, 투석 40회를 맞는 날이다.

오늘따라 인공신실이 어수선하다. 손목뿐만 아니라 발목까지 수갑을 찬 사내가 몇 가지 의료장비가 딸린 병상에 누운 채 실려 왔다. 점퍼 차림의 사내 몇이 신실 안내대 앞에 앉아 병상에 누운 사내를 지켜보았다. 마스크 위로 쏘아보는 눈빛이 매서웠다. 그들의 손에는 무전기가 들려 있고 이따금 신호음이 들렸다. 병상의 사내는 단정히 깎은 짧은 머리에 오른쪽 다리는 무릎까지 깁스를 했다. 언뜻 보기에 이목구비가 굵직한 사내다운 인상이었다. 어떤 죄를 지었기에 그를 감시하는 사내가 신실 안과 바깥 대기실에 두 사람씩이나 지키고 있는 것인지. 수갑을 찬 사내도 한때는 어미의 전부였을 귀한 자식이었을 테고, 어미는 아들을 위한 염원으로 새벽마다 기도했을 것이다. 잠시 후 형사로 보이는 사내가 그의 손목에 찬 수갑을 풀어주었다. 옆에서 기다리던 간호사는 이런 일을 많이 겪어본 듯 침착하게 투석 줄을 꽂고 주사 바늘을 찔렀다.

이번에는 옴짝달싹 못 하는 환자가 들어왔다. 재바르게 달려온 간호사 대여섯 명이 누운 환자를 조심스레 들어 체중계 위로 옮겼다. 환자의 고통을 자기 몸처럼 여기는 간호사들의 조심스러운 모습과 한 몸처럼 일사불란하게 움직이는 동선은 신실의 아름다운 풍경이다. 다시 침상으로 옮겨진 환자의 까만 얼굴이 주름의 파문을 일으키며 고통스럽게 일그러졌다. 그의 온몸이 통증에 꽁꽁 묶인 듯 보였다. 이렇게 누운 채로라도 몸무게를 재야 하는 것은 당일 체중을 알아야 투석의 양이 나오기 때문이다. 전날 물을 많이 마셨거나 짠 음식 혹은 단백질과 인이나 칼슘이 든 음식을 많이 먹으면 배출시켜야 할 노폐물이나 수분의 양이 늘어나므로, 몸무게 측정은 투석 치료하는 환자에게 반드시 거쳐야 하는 시작점이다.

체중 측정이 끝난 환자가 평온해질 무렵, 느닷없이 창가 쪽 어느 침상에서 고함이 들렸다. 더 이상 누워 있지 못하겠으니 투석 줄을 빼겠다고 으름장을 놓는 중년 아주머니였다. 이럴 때면 어디선가 나타나는 뿔테 안경의 베테랑 간호사는 환자를 을러 대기도 하고 토닥이기도 하며 진정시킨다. 고개를 돌리니 성조와 같은 시간대에 투석을 받는 깡마른 사내가 맞은편에 누워 있다. 그는 요즘 자주 수혈을 한다. 오늘도 손바닥만 한 크기의 피주머니가 폴대에 높이 달려 있다. 투석관을 통해 들고나는 피에서는 노폐물을 빼내고, 높이 달린 피 주머니에서는 그의 생명을 살릴 붉은 피가 방울져 내렸다. 살아 있는 사람은 어떤 상황에서도 귀하다. 살아 있는 자는 애써 살아야 한다. 붉은 피가 생명의 꽃이 되어 들고나는 투석실 풍경이다.

아내

붉은 피 도는
투석관 꽂고
설핏 잠든
그를

한참을

한참을
바라보는
그녀

"이식을 앞두고 두렵지 않아요?"

"대단한 결정을 내리셨습니다."

"어쩜, 그렇게 의연하니?"

이식 날짜가 다가오고, 주변의 한두 사람이 알게 되면서 우리 부부의 신장 이식은 소문이 되고 이슈가 되었다. 간호학과 교수인 선배조차 자신은 그런 일이 닥쳐도 못할 거라고, 아니, 안할 거라고 했다. 심지어 내게 이식을 다시 생각해보라고까지 권할 정도였다.

이식을 앞두고 두렵지 않냐는 질문을 많이 받았다. 그런데 거짓말 같지만 나는 두려움이 전혀 없었다. 아, 전혀 없다기보다 두려움에 맞선다는 말이 맞을 것이다. 무엇이 두려운가? 신장 두개 중에 하나로는 잘 살아갈 수 없단 말인가? 아니면 자주 아프거나 수명이 줄어들까? 심청이가 인당수에 뛰어들 듯 온몸을 송두리째 내던지는 것도 아니지 않은가? 하나를 주고 남은 하나로 충분히 살아갈 수 있는데 뭐가 두렵단 말인가?

내가 가진 두 개 중 하나를 내어줌으로, 벼랑 끝에 떠밀린 성조를 구할 수 있다는 생각에 사뭇 설레기까지 했다. 인생 수레의 한 바퀴인 예순을 넘기니 수명의 숫자에는 큰 의미가 없다. 얼마를 더 살든, 최선을 다해 사는 1년이 낫지 않을까. 나로 인해 행복했다고 웃음꽃 피우는 누군가가 있으면, 충분히 가치 있는 삶을 산 것이 아닐까.

꽃은 자신을 위해 향기를 퍼뜨리지 않고, 달은 자신을 위해 어두운 길을 밝히지 않는다. 이순을 넘어서니 자신만이 누리는 행복이 얼마나 허망한 것인지 깨닫게 되었다. 나로 인해 어느 누가 행복했다면 그런대로 잘 살아온 삶일 것이다.

이식 후의 통증? 그건 아직 겪지 않아 뭐라고 말할 수는 없다. 그렇지만 아이를 낳은 엄마가 이기지 못할 통증이 있겠는가. 그것 믿고 덤벼보는 것이지. 그리고 아프다는 것도 어느 정도 시간이 지나면 상처만 남기고 잊히지 않는가. 웬만한 것은 시간이 해결해줄 테니까. 무엇보다 삶에서 선한 의미를 공유하는 일은 얼마나 근사한가. 살면서 이보다 더 멋진 선물이 또 있을까. 그러니 두려움이 있을 수 있겠는가. 더구나 부부가 아닌가. 알지도 못하는 누군가의 꺼져가는 생명을 살리는 인류애적 헌신도 아니지 않은가.

앞에서 말했지만, 삶은 이벤트의 역사요, 기록이다. 이벤트를 할 거면 의미 있는 결과로 이어져야지. 그런데 이만큼 살아 보니 정작 이벤트의 고수는 남편이었다.

3년 전, 여행으로 보름간 집을 비웠을 때였다. 이전에도 오래 집을 비울 때가 많았다. 대한민국의 주부가 몇 주씩 집을 비우기란 쉽지 않다. 내가 오랫동안 집을 비우고 먼 길을 떠날 수 있었던 것은 성조가 나의 남자였기에 가능했다. 아시아에서 유럽을 거쳐 보름 만에 집에 돌아오니, 성조가 리본 달린 까만 상자를 내밀었다. '5월 19일, 류정호' 결혼기념일과 내 이름 석 자가 새겨진 까만 몽블랑 만년필이었다. 그해 결혼기념일에 나는 요르단 협곡을 따라 걷고 있었고, 결혼기념일을 그냥 지난 적이 없었던 성조는 아내가 부재중인 그날도 혼자 선물을 준비했다.

오래전 성조는 회사 거래처에서 자신의 이름이 새겨진 만년필을 선물로 받았다. 그는 만년필 애호가인 내게 건네주었고, 나는 그것을 애지중지하며 썼다. 편지를 쓰거나 단상을 옮길 때, 혹은 책에 사인할 때 성조의 이름이 도드라진 만년필로 썼다. 한두 해가 지나고 만년필의 촉이 무뎌지면서 흘러내린 잉크를 휴지로 닦아내다 잉크로 물든 아내의 손가락을 물끄러미 바라보았던 모양이었다.

만년필을 받는 나의 표정을 마음속에 그려가며 만년필 가게까지 홀로 수굿이 걸어갔을 발자국과 가슴께에 솟던 그리움이 아로새겨진 만년필이다. 명품의 덕인지 남편의 정인지 글자를 쓸 때마다 더 길게 오래 쓰고 싶은 기분을 들게 했다. 이 만년필로 쓴 편지를 받은 사람마저 필체가 훌륭하다는 칭송을 했다. 애틋한 정이 깃든 만년필은 지금껏 최고의 애장품이다. 만년필로 써가는 글자 한 자 한 자에 그의 정답고 알뜰한 사랑이 함께 사각거린다. 잔정이 없어 타박도 많이 했지만, 소리 없는 말이 서글서글한 눈에 씌어 있는 그였다.

나는 당신을 남편으로, 아내로 맞아들여 즐거울 때나 괴로울 때나, 성할 때나 아플 때나 일생 신의를 지키며 당신을 사랑하고 존경할 것을 약속합니다.

혼인서약에 나온 말이다. 돌아보면 양쪽 집안의 오랜 인연이 있긴 했어도, 모든 건 결국 나의 선택이었다. 나의 자유로운 의지였고 결단이었다. 나의 몸은 그저 나의 몸뚱이에 불과한 것이 아니다. 나의 인격이며 나의 전부다. 부부는 혼인과 더불어 서로의 몸을 내어주고 받아들였다. 그러니 '기증' 또한 생경하지 않은 말이다. 내어주고 받아들던 것은 몸만이 아니다. 수십 년을 화성과 금성에서 따로 살아온 남자와 여자가 만나 다시 수십 년을 갈등하며 인내를 배웠고, 인내는 수행으로 이어졌다. 그동안 익혀온 수행은 끝내 희망으로 남을 것이다. 그러니 부부는 충돌과 갈등 속에서 희망을 포기해서는 안 된다. 그렇게 우리 부부가 내어주고 받아들던 순간들이 35년 세월의 강을 이루었다. 그간 많은 것을 내어준 성조에게 이제 내가 내어줄 때가 된 것이다. 일주일 후면 우리 부부는 하나의 콩팥으로 서로의 아침과 저녁 안부를 묻는 진정한 일심동체가 된다.

혈연의 관계가 아닌 부부에게는 여러 변수가 있어 이식의 절차가 순조롭지 않다. 하지만 우리 부부는 이식 전 1차 검사에서 혈액형에 문제가 없었고, 유전자 교차반응 검사도 음성 판정으로 이식 가능의 문을 열었다. 결혼 35년 만에 하늘이 정해준 천생연분임을 확인한 것이다. 천생연분이라는 막연한 믿음을 과학적으로 확인하는 부부가 얼마나 되겠나. 우리 부부는 이식수술 후에 비로소 일심동체를 이룰 것이고, 끝내 동병상련의 길을 함께 걸어갈 천생연분이다.

하루걸러 네 시간씩의 투석을 무던히 견뎌온 남편의 손을 가만히 잡았다. 그도 나도 최선을 다해 살았고 또 살아갈 것이다.

나머지는 우리 부부의 중매를 서고 연을 맺어준 신께 의탁한다.

굳이 신께 아뢸 말은 슬픔과 걱정은 우리가 견딜 만큼만 마련해

주시기를…….

사랑은 두려움을 밀어내지

4월이다. 병원 휴게실에서 바라보는 창밖의 거리는 정부에서 권하는 '사회적 거리 두기'에 아랑곳없어 보인다. 점심시간이 되어 식사를 마친 회사원들이 둘씩 셋씩 어울려 산책 중이다. 시내를 관통할 도시철도의 역사 자리가 한창 공사 중이고, 노란 안전모를 쓴 인부의 부산스러운 손짓에 따라 철제기둥을 옮기는 높은 크레인이 좌우로 천천히 움직였다. 응급실 앞에 택시가 서고, 굽은 어깨로 배를 웅크린 노인이 뒷문에서 내리자 젊은 아낙이 종종걸음으로 뒤를 쫓았다. 살아 있는 것은 설령 아프더라도 살아 있다는 것 자체만으로 찬사를 받아야 한다.

몇 발짝 건너 공원은 꿈에서 보았을 법한 풍경이다. 어릴 적

책상 앞에 걸렸던 달력의 그림이 어렴풋하게 펼쳐졌다. 산수유 꽃무리가 노랗게 부풀고, 줄지어 늘어선 사과나무 하얀 꽃들이 느티나무의 연둣빛 새잎과 한데 어울린 몽환적인 풍경이다. 복사꽃 진분홍이 푸른 청보리밭 너머로 몽글몽글 구름 진 수채화가 눈부신 봄볕의 기억 속에 아련하다.

코로나19의 확산이 두 달이 넘었다. 마스크를 하지 않은 사람이 없고, 마스크가 답답하다고 벗어던지는 사람도 없는 사회가 되었다. 아무 생각 없이 날마다 누려오던 소소한 것들이 소중하지 않은 것이 없음을 깨닫는 요즘이다. 모두 묵묵히 견뎌내고들 있지만, 가까운 날에 그리웠던 일상이 팡파르를 울리며 돌아올 것을 믿는 표정이다. 아가씨들은 눈 화장에 치중하고 있다니, 마스크 위의 두 눈과 눈빛이 얼굴이 된 요즘이다.

"어떻게 기증할 마음이 생겼습니까?"
"수술을 앞두고 혹시 불안하지는 않습니까?"
어스름이 손을 뻗기 시작할 때, 한 손에 문진표를 든 의사가 왔다. 경상도 말투의 목소리가 나직하고도 매끈했다. 이마 위로 흘러내린 앞머리가 부드럽게 물결쳤고 웃음기 감도는 두 눈이 언뜻 낭만적으로 보였다. 코로나 시즌이 되고부터 마스크가 얼굴의 절반을 가리니 저마다의 목소리가 그 사람의 인상을 강렬히 드러내었다. 듣기 좋은 목소리는 타고나기도 하지만 개발하고 훈련하기에 따라 달라지리라는 생각이 순간 스쳤다. 의사는 신뢰가 우러나는 목소리로 음주와 흡연 경력이나 식사와 숙면 여부, 가족관계 등을 물었다.

"저는 망설임이 없었어요. 아들 둘은 젊고 아직 할 일이 많이 남았는데, 제가 당연히 이식해야 한다고 생각했어요."

"수술을 앞두고 걱정되는 것이요? 그게……, 그동안은 남편을 제가 돌봤기 때문에 우리 부부가 동시에 수술하고 나면 남편은 누가 돌볼까. 제가 한동안 몸이 불편할 텐데. 그게 제일 걱정이 되네요."

앞머리를 부드럽게 넘기던 의사의 눈길에 가는 웃음이 번졌다.

"이식수술을 앞두고 대부분 불안하고 잠이 오질 않는다고 해요. 더구나 수술 후 자신의 걱정을 많이 하는 편인데……, 부부관계가 좋으신가 봅니다."

수술실에 들어갔다가 도저히 안 되겠다고 포기하고는 수술실을 탈출하듯 뛰쳐나오는 기증자가 있다는 이야기도 듣긴 했다. 의과대학 교수인 선배는 신장을 기증하겠다는 말을 듣고 좀 더 신중하라고, 자신은 기증하지 못할 거라고 말했다. 연구소 동료들은 생명의 가치를 실현하는 결정을 했다고 칭송하면서, 정작 자신이라면 어떤 결정을 내릴지 알 수 없노라고도 했다.

나는 평소 생각을 깊게 하지 않는 편이다. 옳다고 생각하면 바로 결정했고 그대로 밀고 나갔다. 그로 인해 실수도 잦았고 후회도 많이 했다. 그러면서 삶을 배워나가는 것이려니 스스로 다독였으니, 세상 살기에 꽤 편한 성격 아닐까. 나의 좋은 점이라고 할 만한 뒷배는 돌이켜보면 엄마가 어린 나에게 보여주신 지혜의 산물이 아닐까 한다. 일찍 미망인이 된 엄마는 피난 내려와 고단한 삶을 꾸리면서도 자신보다 가진 게 없는 사람들을 살피곤 했다. 할 수 있는 일이라면 선의를 베푸는 일에 인색하지 말고, 주저하지 말라는 것을 몸소 보여주셨다. 그게 다 자신에게 되돌아온다고.

어릴 적 우리 동네는 대부분 문을 열어놓고 살았다. 골목길 안 적산가옥에 살던 우리 가족도 대문을 열어둔 채 마루에서 밥을 먹곤 했다. 엄마와 언니들과 둥근 밥상에 둘러앉을 때면 골목길을 지나는 발자국 소리가 들리고, 식사 시간에 맞춰 깡통 든 걸인이 찾아오기도 했다. 열린 문간에 서서 "밥 좀 주이소"라고 짧게 말하거나 깡통을 두 손에 모으고 말없이 서 있던 걸인에게, 엄마는 먹던 밥을 주는 일이 없었다. 때때로 갓 지은 밥을 따로 퍼놓고 기다리기도 했다. 행색이 더럽고 빌어먹는 사람이라고 해서 업신여기지 못하도록 딸들에게 단단히 일러두기도 했다. 하루는 이웃집에 불이 났을 때, 엄마에게 밥 한 끼라도 얻어먹었던 넝마주이들이 몰려와 우리 집 물건을 따로 옮겨준 적도 있었다. 홀로 딸 넷을 키우려니 대장부 같은 용단과 기질을 가질 수밖에 없었던 엄마는 어렵게 살면서도 후덕한 인심을 잃지 않았다.

결혼 3년 만에 성조에게 당뇨병이 생겼다. 당뇨병은 잘 먹고 잘사는 사람이 걸리는 '부자병'이고, 아주 무서운 병이라고 스쳐 듣기만 했던 생소한 병명이었다. 금쪽같은 막내딸을 시집보내고 걱정 없이 살기를 바라며 새벽마다 기도하던 엄마에게 막내 사위의 당뇨병 소식은 벽력과 같았다. 당뇨병은 엄마에게는 하늘이 무너지는 죽을병이었다.

결혼하고 외국 주재원으로 나갔다가 돌아와 서울과 부산으로 떨어져 산 지도 4년에 접어들었을 무렵이었다. 80킬로그램이 넘던 우람한 몸이 갑자기 홀쭉해지자 자다가도 벌떡 일어나 성조의 숨소리를 살피는 일이 잦았다. 가늘게 숨을 쉬면 안도하고 다시 잠을 청했던 당뇨병 초기 시절이었다. 이후 당뇨병 치료에 관한 책을 구해 읽고, 당뇨병을 극복한 사례를 새겨들었다. 당뇨는 식단과 꾸준한 운동으로 관리를 잘하면 치료가 될 수 있는, 완치는 어려워도 결코 죽을병은 아니었다.

성조의 당뇨병은 가족력과 청량음료를 물처럼 마시던 식생활 습관이 큰 요인으로 작용했다. 50대 중반이 되자 합병증이 하나둘 드러나기 시작했다. 발에 난 상처가 아물지 않고 오래 갈 때는 내 췌장이라도 떼어주고 싶었다. 당뇨가 오래되니 없던 고혈압이 생기고, 급기야 신장이 망가지기 시작했다. 남편을 혼자 살게 해서는 안 된다, 남편을 지켜야 한다는 일념으로 10년 근속을 한 달 앞두고 교직을 접었다. 그때부터 남편의 식단에 맞춰 나도 저염식을 따랐고, 최악의 경우 신장 하나 떼어주면 되겠거니 생각했다.

성조는 늘 가족의 뒤에 있는 사람이었다. 성장기에는 부모를 염두에 두어야 하는 장남이었고, 동생들을 챙겨야 하는 맏형이었다. 결혼하고 나서는 또 아내와 아들이 그의 앞에 있었다. 별일 없는지, 어린 아들은 어떤지, 근무 중에도 두어 번씩 전화했던 그였으니까.

서울 아파트로 이사 온 지 얼마 되지 않을 때였다. 처녀 적부터 호스로 물을 뿌려가며 하는 청소를 즐겼던지라 그날도 베란다 물청소를 말끔히 했다. 아뿔싸! 나는 아래층 베란다에 빨래가 걸려 있는 줄 전혀 예상치 못했다. 청소를 마치고 느긋하게 차 한잔 앞에 놓았는데, 아래층 아주머니가 붉으락푸르락한 얼굴로 올라와 자기 집 빨래를 어쩔 거냐고 성을 내었다. 어린애를 들쳐업고 어쩔 줄 몰라 쩔쩔매는 내게 한참 동안 성을 내다 분을 참지 못하는 표정으로 내려갔다. 퇴근하고 돌아온 성조에게 한낮의 사연을 장황하게 말하며 울먹였더니 당장이라도 뛰어 내려가 전쟁이라도 치를 듯 성조의 얼굴이 달아올랐다. 내 과실이 컸다고 그 아주머니도 황당했을 거라고 무마했지만, 한편으로 객지에 올라온 아내를 보듬는 마음이려니 생각하면 그가 천군만마의 동지이며 든든한 비빌 언덕처럼 느껴졌다.

단테의 『신곡』 지옥 편에 다음과 같은 대목이 나온다. 지옥문 입구에 새겨진 글이다.

"이곳에 들어오는 그대여, 모든 희망을 버릴지어다!"

사람을 잡아먹는 아귀가 날뛰고 맹렬한 불길이 삼킬 듯 치솟아 오르는 곳만이 지옥이겠나. 희망이 없는 곳, 아니 희망을 포기해야 하는 막막한 지경에 이르면 그게 지옥일 테다. 살아 있는 모든 자에게 희망은 질곡을 벗어나 하늘로 오를 수 있는 유일한 동아줄이다.

나는 나의 인생을 바꿀 수 있고, 반드시 그래야 한다는 희망을 품고 지금껏 길을 걸었다. 성조를 만나 결혼하게 된 과정부터 그랬다. 실낱같은 희망이라도 있고 그것을 키워갈 의지가 있다면, 현실은 외면하지 않으리라는 것이 나의 믿음이다. 신조차도 매혹으로 여길 힘을 나도 당신도 가지고 있지 않은가. 그렇게 사랑은 두려움을 밀어내고 희망의 끈을 잡게 했다.

보이지 않는 것이 보이는 것을 지탱한다

"부인의 상태가 아주 좋아요. 관리를 잘하셨네요. 수술 날짜를 당깁시다."

지는 것도 저토록 화려할 수 있는지, 창으로 비껴드는 저물녘 햇살이 조각조각 금빛이었다. 병상을 둘러싼 커튼에 황금의 파편들이 스며들 때 신장내과 담당의가 수련의 두 명과 함께 회진을 왔다. 그의 온 얼굴이 함박꽃이었다. 절반의 얼굴은 마스크에 가렸지만, 안경 안의 두 눈에서 햇살 같은 웃음이 얼굴 전체로 번져 있었다. 남편의 외래 진료로 만난 후 이 교수의 이토록 환한 얼굴은 처음이라 생경하면서도 영문도 모른 채 덩달아 기뻤다. 이 교수는 기쁜 마음을 어떻게라도 전해주고 싶은 양, 한 손을 올리다가 멈칫거리며 내렸다.

"와, 몸 관리 잘했네요! 검사 결과가 어떻게 나올지 실은 조마조마했는데, 내가 다 기쁩니다. 정말 축하해요. 우리 수술 날짜 빨리 잡아도 되겠어요."

친구였더라면 올린 손으로 한쪽 어깨를 툭 치면서 환호했을 얼굴이었다. 담당 의사의 마음이 표정과 말투에서 유쾌하게 우러났다. 2박 3일 동안 일사천리로 진행되었던 공여자의 검사에서 '만족', '이식수술 가능'의 결과가 나온 것이다. 아, 금빛 조각들로 날아들던 석양은 검사 결과에 대한 예고편이었나 보다.

'자신이 맡은 환자의 상태가 나빠질 때마다 이분은 함께 고통스러웠구나.'

만족할 만한 검사 결과를 안고 달려온 담당 의사의 득의만면한 얼굴에 지난 5년간 외래에서 만났던 그의 수많은 표정이 겹쳤다. 문득 의사는 그래야 한다는 생각이 들었다. 의사는 환자의 가슴속까지 들여다보고, 격랑에 출렁이는 환자의 희비를 끌어안는 선장이다. 환자를 자신의 등에 짊어진 달팽이 같은 의사는 결코 혼자일 수가 없다. 셀 수 없이 많은 환자의 하소연을 듣고, 신음을 헤아리며, 그들을 짓누르는 짐을 어떻게 해서라도 찾아내어 그 무게를 덜어줄 치유자이자 길잡이다.

그동안 성조에게 검사의 결과를 알리기 전, 컴퓨터 모니터를 들여다보는 이 교수의 표정에서 결과에 대한 예감을 미리 읽곤 했다. 붉고 무거운 표정과 낮은 목소리로 "차마 뭐라고 말씀드리기에 어려운데……"라고 시작할 땐 애써 담담한 척하며 들어야 했고, "그동안 잘 지내셨어요?"라는 인사로 시작할 때는 따사로운 햇살과 맑은 공기가 나를 감싸는 기분이었다. 환자는 의학적 진단에 앞서 의사의 일거수일투족에 기댈 수밖에 없기 때문이다.

수년간 진료실의 귀퉁이에 앉아 이 교수와 성조를 지켜보면서 두 사람의 관계를 생각한 적이 있었다. 두 사람이 수직으로 만나면 이른바 담당 의사와 환자, 다시 말해 갑과 을의 관계가 되지만, 수평으로 바라보면 함께 걸어가는 동행의 관계가 된다. 치료를 전제로 만난 의사와 환자의 관계는 하나의 목적을 간절히 공유하는 동반자가 아닐까 가늠해본다. 환자는 자신을 치료하는 의사에게 한 발짝 다가간다. 의사 또한 마찬가지다. 환자는 당신의 아픔이 내 아픔이고, 당신의 기쁨 또한 나의 기쁨으로 받아들일 수 있는 공감을 의사에게 바란다. 친밀감은 시늉이 아닌 진정성에서 비롯되고, 환자와 공감하는 의사가 바로 인술을 베푸는 의사가 아닐까.

굳이 공자를 내세우지 않아도, 사람들 사이의 관계로 이루어진 세상에서 사람이 갖춰야 할 가장 기본적인 덕목은 '인(仁)'이라고 생각한다. 이 한자를 풀어보면 '사람 인(人)'에 '두 이(二)'가 만난 것으로, 두 사람이 함께 짊어지고 서로 나눌 때 비로소 어진 삶을 살 수 있는 것이다.

　　그러고 보면 의사에게만 인술을 바랄 일이 아니다. 환자도 의사를 신뢰하고 따르는 겸양의 덕목을 갖추어야 하지 않을까. 그래야 더딘 치료도 빨라지고, 마침내 쾌유할 수 있을 것이다. 생명의 기적은 신의 각본에도 없는 인간의 마음도리를 전제하지 않던가.

　　사마천이 쓴 『사기』에 어떤 명의라도 고칠 수 없는 여섯 가지 불치병에 걸린 환자를 소개하는 대목이 있다. 첫 번째는 환자가 교만하고 방자해서 자신의 병은 자기가 안다고 주장하는 사람이고, 두 번째는 자신의 몸을 가벼이 여기고 돈과 재물을 더욱 소중히 여기는 사람이며, 세 번째는 음식을 적당히 가리지 못하는 사람, 네 번째는 음양의 평형이 깨져서 오장의 기가 안정되지 않은 사람이며, 다섯 번째는 몸이 극도로 쇠약해져 도저히 약을 받아들일 수 없는 상태에 있는 사람이다. 마지막 여섯 번째는 무당의 말만 믿고 의사를 믿지 못하는 환자라고 나와 있다.

사마천의 시대로부터 2000여 년이 흐른 지금 죽어가던 사람이 벌떡 일어나 걸어가는 기적이 곳곳에서 일어나고 있다. 하지만 아무리 현대 의술이 뛰어나도 치료가 안 되거나 고치기 어려운 병중의 환자가 도처에서 신음 중이다. 그들은 아마도 사마천이 말한 여섯 부류 중의 한 사람일 테지만, 시한부 선고를 받거나 치명적인 고통으로 숨소리조차 내기 힘든 환자는 오직 자신을 치료하는 의사에게 매달릴 수밖에 없다. 환자에게 담당 의사는 자신을 신탁할 절대자이기 때문이다. 성조가 높고 큰 산을 만날 때마다, 이 교수는 최선을 다하겠노라는 무언의 용기를 건넸다. 그는 성조의 손을 잡고 고갯길 앞에 함께 섰던 인술의 의사였다.

그랬던 이 교수가 지금 환하게 웃고 있다. 자신이 맡은 환자를 헤아리고 같이 아파했던 그가 '이 반가운 소식이 얼마 만인가!' 하듯 환호하고 있다. 이식 전에 요구되는 기본적인 검사, 이를테면 심전도, 흉부 엑스레이, 채혈과 채뇨로 이루어지는 각종 검사, 위와 대장 내시경, 산부인과의 유방암과 자궁난소암, 신장 초음파, 신장 CT, 신장 핵의학적 검사 등등……. 수술을 위한 수

많은 검사에 대한 만족스러운 결과를 들고 온 것이다.

"담당의끼리 의논을 했어요. 4월 22일로 수술 날짜를 정하면 어떨까요?"

"네……, 결과가 좋아 수술 일정이 많이 앞당겨졌네요. 정말 고맙습니다. 실은 저희 부부 결혼기념일인 5월 19일에 수술할까 했어요. 그런데 병원에서는 수술을 수요일에 하니까 다음날로 수술 날짜를 말씀드릴 참이었습니다."

담당 의사의 눈부신 미소에 어쩌다 결혼기념일까지 발설하게 되었다. 소리 없이 빙긋 웃던 이 교수의 눈빛에 여러 생각이 교차해 보였다.

'눈에 보이지 않는 것이 눈에 보이는 것을 지탱한다'는 말은 언젠가부터 내가 하는 몇몇 강의의 시그널이 되었다. 나이가 들면 숱한 체험에서 곰삭아 우러난 자신만의 경구가 가슴에 남는다. 한 번씩 나 자신도 흐뭇한 말이 튀어나올 때는 나이 드는 것이 사뭇 설레기까지 한다. 저절로 우러난 금언 중에서도 자주 떠올리게 되는 것은, 외모나 아파트 평수를 최고의 잣대로 삼거나 금수저에 대한 나른한 몽상에 빠진 현대인들이 깨우쳐야 할 진실은 결국 눈에 보이지 않는 것이 진정한 아름다움이고 사랑이라는 것이다. 생텍쥐페리는 삭막하기 이를 데 없는 사막이 아름다운 것은 사막 저 아래에 샘이 있기 때문이라는 불후의 명언을 『어린 왕자』에서 밝혔다. 야간 비행의 선구자였던 그는 불시착한 사막에서 겪었던 막막한 체험으로 생명의 본질을 깨우쳤고, 낮과 밤의 극명한 대비로 드러나던 사막의 속내를 꿰뚫어 알아차린 것이다.

작년 봄 LA에 사는 후배가 낯선 풍경 사진을 보내왔다. LA에서 차로 한 시간가량 떨어진 사막이 꽃들로 뒤덮인 놀라운 광경이었다. 지난 수십 년간 그런 일이 없었는데, 어느 날 갑자기 황량하고 삭막했던 모래밭에 노란 꽃, 보랏빛 꽃이 끝없이 피어났다. 신이 하룻밤 사이에 벌려놓은 기적 같은 광경이었다. 사막에 일주일 동안 억수 같은 비가 내렸고, 비가 그치자 환상적인 일이 벌어진 것이다. 이 기이한 광경을 찾아 수많은 사람이 몇 시간씩 차를 타고 달려왔다고 했다.

사막은 언제나 삭막하다. 그러나 겉으로 봤을 때 황량하기 그지없는 사막도 실제로는 생명의 신비를 감추고 있다. 눈에 보이지 않으나 사막 저 깊은 데에는 샘이 있고, 메마른 땅이 꽃씨를 품고 있다. 그것이 아름다움의 본질일 것이다. 사람들은 보이지 않는 것이 아름답다는 문장에 그저 고개만 끄덕이다가도, 비로소 눈앞에 근사한 풍경이 펼쳐져야만 경탄한다.

말이야 그럴싸하지만, 사실 나 역시도 보이는 것에 길들어진 사람이다. 그래서 가끔은 보이지 않는 것의 소리를 듣고자 눈을 감곤 한다. 눈에 보이지 않는 샘이 사막을 지탱하는 것처럼, 아파트 평수나 명품 가방, 멋진 세단이나 미끈한 외모 같은 것들로부터 눈을 질끈 감고 내 삶을 지탱시켜줄 본질과 세상의 숨은 진실을 느껴보려는 노력이다.

보이는 것에 익숙한 사람들의 세상에 아이러니한 일이 다시 벌어졌다. 눈에 보이지 않는 것이 눈에 보이는 것을 지탱하는 세상이라고 했는데, 느닷없이 눈에 보이지 않는 바이러스가 눈에 보이는 세상을 지배한 것이다. 코로나19가 녁 달 만에 국내 확진자 만 명을 넘어섰고, 사망자는 180명이 되었다. 미국은 24만 명이 넘는 확진자에 8,000여 명이 사망했고, 지구촌 178개국에서 100만 명을 넘는 사람이 코로나 양성 판정을 받았다. 백신이 개발되기 전까지 확진자와 사망자의 숫자가 계속 늘어날 것은 불 보듯 뻔한 일이 되었고, 앞으로도 많은 사망자가 발생할 것이라는 뉴스가 연일 이어지고 있다. 눈에 보이지도 않는 바이러스가 온 지구인의 발목을 잡을 줄 그 누가 예상키나 했겠는가. 물론 인간의 집단생활에서 충분히 예고된 일이었을 테지만, 지탱과

지배의 개념이 선과 악처럼 극명한 대립으로 치닫는 중이다. 악이 아무리 기승을 부려도 끝내 선을 넘어설 수 없겠지만…….

　남편 성조가 쉰 후반부터 여기저기 터지듯 병이 생길 때, 남들은 저리도 건강한데……, 혼잣말도 많이 했다. 그러다 눈을 감으면 남편의 아픔이 먼저 와 닿고 난관을 이겨낼 방도를 궁리했으며, 나아가 도미노같이 연달아 발발하는 성조의 병에 가려진 신의 속뜻을 헤아리게 되었다. 어떤 시련에도 눈에 보이지 않는 것이 눈에 보이는 것을 지탱하는 게 세상이고 삶이다. 눈에 보이지 않는 것으로 삶을 지탱하는 으뜸은 사랑일 텐데, 사랑이 듬뿍 담긴 담당 의사의 함박웃음에 수술 날짜부터 정했다.

　4월 22일! 우리 부부가 비로소 한 몸이 될 생애 최고의 날이다. 달력 위에 빨간 동그라미를 크게 그렸다.

이식의 마지막 관문 서류, 서류, 서류

온 나라를 들썩였던 총선이 끝났다. 국회 의석의 과반을 넘겨 개헌도 가능할 여당의 압도적 승리였다. 인공신실 벽에 걸린 텔레비전에는 뉴스 시간마다 당선자의 인터뷰가 나오고, 국민의 대변자로 열심히 일하겠노라, 믿어달라는 포부를 열어 보이는 그들의 입꼬리에 힘이 잔뜩 실렸다.

신실 창밖의 거리에는 당선자의 얼굴과 함께 '성원에 감사합니다!'라는 인사말이 걸린 현수막이 밤새 내린 비로 후줄근하게 처졌고, 한껏 들떴던 사람들의 열기도 빗줄기 따라 가라앉는 중이다. 환호에 취한 승리자에게 과유불급을, 패배를 믿지 못하는 낙선자에게는 권토중래의 메시지로 넌지시 내리는 비다.

4월이 되자 인공신실의 실내온도가 높아졌다. 신실 문밖 복도에는 아직 서늘한 기운이 감도는데, 이 방은 환우들을 살피느라 그런지 천장의 에어컨이 가동될 기미조차 보이질 않는다. 요즘 들어 투석 중에 성조의 몸이 더욱 뜨거워졌다. 중순이 되면서 투석관을 꽂은 지 10여 분도 채 지나지 않아 등과 가슴에 땀이 흘러내렸다. 코로나19 감염 예방과 음압에 신경 써야 하는 병원이라 창문을 열 엄두도 내지 못하고 닫힌 에어컨만 쳐다보며 부채를 활활 부쳐댔다.

"자, 이제 한 번의 투석이 남았어요. 하루만 더 참읍시다."

10여 년씩 투석하는 환우들에 비하면 투덜거릴 일도 아니지만, 지난 4개월 동안의 투석은 성조에게 보이지 않는 족쇄였다. 하루걸러 4시간씩 투석하는 일뿐만이 아니었다. 꿀꺽꿀꺽 소리 내어 들이키는 물맛을, 짭짜름하게 간이 된 음식의 맛을, 아니 혀끝으로 느끼던 모든 미각을 포기해야만 했다. 온갖 금기 사항들로 옥죄었던 투석도 이제 한 번만 더 하면 끝난다. 이틀만 지나면 열리지 않을 것 같던 문이 활짝 열리고 눈부신 광채 속에 걸어갈 감격의 순간이 기다리고 있다. 오늘은 성조에게 뜨거운 땀방울도 금세 식어 들고, 쉴 틈 없던 부채질도 선녀 날개옷같이 가벼웠다. 창을 잠깐만 열겠다고 담당 간호사에게 허락까지 구할 여유도 생겼다.

열린 창틈으로 바깥공기가 훅 끼쳐왔다. 비에 젖은 바람이 침상으로 스며들자 성조는 숨쉬기가 편해졌다며 눈가에 웃음기마저 번졌다. 진즉 창을 열어둘 걸……, 융통성 없는 나의 우둔함을 탓하면서도 주변의 환우를 살피게 되는 것은 동병상련의 처지 때문이리라. 그런데 옆자리도 맞은편도 가슴께까지 담요를 끌어 올려 덮고 있다. 투석을 몇 년씩 하게 되면 추위를 타나 보다. 이제 이틀 후 한 번의 투석이 지나면 이런 풍경도 한때의 기억으로 남겠지.

환우들에 대한 연민을 어쩌지 못해 창을 닫으러 갈 때, 옆자리 노인의 팔뚝이 눈에 불쑥 들어왔다. 순간 나도 모르게 문을 닫던 손이 움찔했다. 작은 도마뱀 한 마리가 팔뚝의 살을 뚫고 들어가 기어가는 것처럼 혈관이 울뚝불뚝 불거졌다. 투석을 하다 보면 오가는 혈류의 양이 많아져 혈관이 확장되거나 팔에 부종이 생긴다고 듣긴 했다. 일주일에 세 번씩 4시간 동안 투석을 받는 과정에서 혈관의 벽이 약해지고 혈관이 넓어지는 것은 투석 환우들에게 거의 필연적이라고 들은 적 있지만, 저렇게 혐오스러울 줄이야. 둘러보니 옆자리 노인의 팔뚝만 그런 게 아니었다. 굵고 기다란 지렁이 모양에서부터 도마뱀이 기어가는 듯한 형상은 그나마 나은 편이다. 고목의 뿌리가 휘어진 가지를 안간

힘으로 잡아대는 것처럼 꿈틀거리는 핏줄은 마치 오래된 투석 환자의 낙인처럼 보였다.

'성조도 투석을 계속하다 보면 저렇게 혈관이 불거지겠구나. 기껏 어른 주먹만 한 콩팥이 상하면 이토록 몸서리쳐지는 일을 겪게 된다니…… 뇌사자 이식 대기도 몇 년씩 걸린다는데, 저분 들 주변에선 누가 이식해줄 형편이 안 되는 모양이구나.'

이식만이 투석을 면할 최후의 보루임을 뻔히 알면서도 오늘 도 내일도 혈관에 바늘을 꽂고 투석을 할 수밖에 없는 환우들이 다. 모레만 지나면 이 고생도 면하게 된다고 우쭐거렸던 나의 경 박을 후회하면서 성조의 팔뚝에 내린 가는 뿌리를 지켜보았다.

'솔바람을 데리고 왔는데 창을 열지 않으시겠어요?' 하는 듯 빗방울이 닫힌 창을 후드득 두들겼다. 창밖 화단에는 빗방울에 투영된 영산홍 꽃잎이 선홍으로 농익었고, 소나무의 노란 꽃대 와 목련의 웃자란 잎에 굵은 비가 툭툭 소리 내어 떨어지다가 동 그랗게 몸을 말았다. 잎사귀에 머문 빗방울로 푸른 잎맥이 도드 라지고 짙푸른 색을 더했다. 도로 위를 달리는 차들이 빗방울을 튕기자 뒤따르던 차들도 갖가지 색을 선명하게 내뿜고 달렸다. 한 번의 투석을 남긴 신실에서 듣는 빗소리가 투석기를 돌아드는 핏줄처럼 선명했다. 신실에 누운 환우들을 둘러보다 저절로 기도가 우러났다.

'동병상련의 환우님들, 부디 기다리던 희망이 오래지 않아 실현되기를 빕니다!'

투석하기 전, 이식수술을 앞두고 마지막 관문인 장기 공여자의 순수성 평가를 치렀다.

장기 등 기증자 등록을 위한 개인정보 수집 이용 동의서, 장기 등 이식 대기자 등록신청서, 장기·조직 기증 동의서, 장기 등 및 조직 기증자 등록신청서, 장기 등 이식대상자 선정 승인신청서와 장기 등 이식대상자 사유서……

장기이식센터 상담실의 테이블 위에 여섯 종류의 서류가 놓이고, 상담 간호사의 설명이 이어졌다. 중개인의 설명을 듣고 부동산 서류에 도장을 찍던 힘과는 비교가 안 되는 무게감이었다. 제목만 조금씩 다르고 그게 그거 같지만 한 자라도 비뚤어지면 몇 달 동안 준비해온 이식수술이 물 건너갈 것 같아 이름을 적고 사인을 하는 손가락에 힘이 들어갔다.

'장기 등 이식에 관한 법률'은 신장, 간장, 췌장, 심장, 폐와 골수, 각막 등을 말하는 장기 등의 기증과 적출 및 이식에 필요한 사항을 규정해 장기 등의 이식을 합법적으로 보호하고 국민보건 향상에 기여한다는 취지로 제정된 이래, 숱한 개정을 거쳤던 법률이다. 다른 사람의 장기 등의 기능 회복을 위해 이식의 목적으로 살아 있는 자 등으로부터 적출하고 이식되는 장기 등에 적용한다. 법률에 따라 생체 신장 이식수술 시에는 반드시 이식 전에 장기 기증자의 순수성 평가를 거쳐야 하고, 국립장기이식관리기관(KONOS)으로부터 장기 이식을 위한 승인을 받아야 한다.

본래 법의 문장이란 게 읽기에도 까다롭고 지루하다. 서류의 내용을 다시 말하면 개인정보를 수집하고 이용하는 데 동의하고, 이식 대기자와 기증자로 등록하고 선정 승인을 신청한다는 것이다. 합법적 이식수술의 출발점이자 투석의 종지부를 찍는 절차상의 통과의례. 반드시 법적인 절차를 거쳐야 한다는 것은 어딘가에서 암암리에 불법 이식이 이루어지고 있다는 의미일 테고, 제정되고 4년 사이에 아홉 차례의 개정이 있었던 것은 날이 갈수록 이식 환경이 달라지고 있다는 의미 아닐까. 여북하면 드라마나 소설의 소재로 등장해 시청자나 독자들의 고민을 끌어내겠는가.

성조가 투석 중일 때 나는 한 손으로 부채질하고 한 손으로 책장을 넘겼다. 오래전에 읽을 때만 해도 작가의 필체에 감탄했던 책이다. 다시 읽게 된 김훈 작가의 『공무도하』중에 장기 밀매 대목에 확 빨려들었다. 부채질을 멈추고 한자씩 곱씹어 읽었다.

소설의 등장인물 중에 한 사내가 말기신부전을 앓고 있었고, 그는 신장 이식을 하지 않으면 목숨을 담보할 수 없는 지경이었다. 그러다 장기 매매 브로커를 만나게 되었다. 자기가 만난 장기 매매 브로커는 몇 년 전에 자신의 신장을 떼어 팔았고, 그 일을 계기로 이 바닥의 길로 나섰다고 했다. 브로커와 사내가 만나 나누는 대화를 보면 은연중에 이런 일이 잦아 보였다. 그래서인지 병원 의료담당 직원과 면담을 하는 내용과 신장을 꺼내는 수술 전에 적합 판정이 나오기까지의 여러 검사 과정이 소설에 길게 소개되었다.

몇 년 전에도 읽었건만, 이 대목의 기억이 없는 건 장기 이식은 영화에서나 나올 희귀한 사례로만 여겼을 뿐, 우리 부부의 현실이 되리라곤 한 치도 예상하지 못했기 때문이리라. 소설의 끄트머리에 투석과 신장 이식에 관한 대목이 몇 페이지에 걸쳐 길게 나왔다. 불법 장기 매매에 대한 풍문은 어렴풋이 듣긴 했지만, 작가는 현실감 있는 필치로 생생히 그려냈다. 말기 신부전증으로 시한부 인생을 사는 인물이 불법 장기 매매를 통해 이식수술을 하는 장면이다. 물을 배경으로 한 사연과 물에 얽힌 인물을 등장시킨 작가의 의중에 신장을 우리 몸에 독소와 수분을 조절하는 댐으로 여긴 것은 아닐까.

이식상담센터 간호사의 설명에 따라 한 장씩 확인하면서 수혜자 조성조와 공여자 류정호의 이름과 주민등록번호, 주소, 연락처를 쓰고 사인을 했다. 빈칸마다 정자로 또박또박 쓴 여섯 종류의 서류와 혼인관계증명서, 공여자의 가족관계증명서, 주민등록등본을 주민등록증과 함께 제출했다. 두 사람의 목숨이 오가는 중대한 일이므로 한 자 한 자 숙고하며 빈칸을 채워나갈 수밖에 없었다.

소설에 나온 대목처럼 의료윤리 담당 직원인 사회복지사가 공여자와 수혜자와의 면담을 위해 상담센터로 들어왔다. 틀어 올린 머리에 금속 테 안경을 쓰고 직위와 이름이 새겨진 하얀색 가운을 입고 있었다. 사회복지사의 하얀색 가운이 오늘따라 중압감 있게 다가왔다. 성조와의 면담이 20여 분 동안 이어졌다. 성조와 교대해 상담실로 들어가는데 묘한 호기심과 긴장감이 뒤따랐다.

"남편에게 신장을 이식하는 것이 맞습니까?"

"네."

"언제부터 남편의 신장이 나빠졌습니까?"

"남편은 당뇨병을 앓았어요. 합병증이 이어지다 5년 전쯤엔 가……, 당뇨합병증으로 본 병원에 입원했다가 신장이 나빠진 것을 알았죠. 그때부터 신장내과 외래로 진료를 받게 되었어요."

"이식하기에 결정이 쉽지 않았을 텐데요."

"네……. 주변에서도 그런 말씀을 많이 했지만 저는 주저하지 않았어요. 직계가족의 이식 성공 확률이 높다고들 해서 아들이 공여한다고 나섰으나, 그건 처음부터 고려하지 않았어요. 아들은 한창 일할 때이니까요. 직계가족이라면 시동생이 두 사람더 있습니다. 하지만 그들은 그들대로 한 가정의 가장이니 아예생각조차 하지 않았지요. 예순이 넘긴 했지만 제가 건강한 편이고 기저질환도 없어 자신감이 들었어요. 다 잘될 거라고 믿었지요. 그런데 혈액형 일치와 교차반응에서도 음성이 나오니 얼마나 고맙고 또 감사한지 몰라요. 아들들은 은근히 걱정이 되나 봐요. 아들들에게 미련 두지 말라고 말했지요. '아빠랑 엄마는 천생연분인가 봐. 혈연관계도 아닌 부부가 이렇게 일치되기 쉽지않은데 말이야'라고 말하게 되더군요."

"걱정이 되거나 두렵지는 않으세요?"

벌써 여러 번 들어왔던 질문이었지만, 일주일 후면 이렇게 물어오는 이도 없을 테니 총정리하는 마음으로 담담하게 대답했다.

"글쎄요. 자신 있게 시작했는데 검사 과정 중에 몇몇 걱정거리가 생기자 이식도 마음대로 할 수가 없나 싶어 한숨이 나오더군요. 그런데 이런저런 우여곡절이 끝나고 날짜를 받으니 걱정보다도 감사한 마음이 더욱 큽니다. 부디 수술이 잘되고 수술 후 결과가 잘 나오면 좋겠다는 마음뿐입니다. 걱정하는 선후배들에게는 이제야 일심동체 부부가 된다고 호언했지요. 그랬더니 정말 맞는 말이라며 격려를 해주더군요."

"하하하, 그러네요. 어려운 결정을 하셨는데 부부 일심동체라는 말이 감동적입니다."

가는 눈웃음을 지어가며 고개를 끄덕이던 사회복지사는 대화를 편하게 이끌었고, 나도 주변에서 염려와 격려로 들려주던 말을 허심탄회하게 털어놓았다. 간혹 부부로 위장한 장기 불법 매매 사례가 있어 그런지 우리 부부의 순수성을 검증하는 듯한 교차 면담이었다.

몇 가지 질문이 더 있었지만 중요한 내용은 아니었다. 남편의 고통을 덜어주려 내가 가진 신장 두 개 중 하나를 내놓겠다는데, 무슨 이의가 있을까. 그렇게 마지막 검문을 통과하고 이제 일주일 뒤에 치러질 장엄한 의식만 남았다.

바람이 불면 바람이 부는 대로, D-1

바람이 불면 흔들려야지.

바람이 불면 바람이 부는 대로 흘러가야지.

수술 하루 전날이다. 사월 하순의 봄바람이 제법 매섭다. 81
병동 5호실에서 바라보는 성당의 종탑이 한 손에 닿을 듯 가깝
다. 마을 성당까지는 빨리 걸어도 10분은 족히 걸릴 거리인데,
창밖으로는 팔 하나 거리에 있는 듯하다.

병동 복도 끄트머리에 있어 별채 같은 병실이다. 외딴 마을
의 수도원에 피정이라도 온 듯 사람의 기척이 느껴지지 않는다.
혈액 채취나 혈압을 측정하러 들어오는 간호사 외에는 발자국

소리조차 들리지 않는다. 식사 시간 때마다 배식운반차가 덜덜거리며 지나는 소리와 이따금 병원 공지사항을 전달하는 방송이 빈 공간에 울릴 뿐이다. 병실의 고즈넉한 분위기가 말수 적은 친구가 옆에 앉아 있는 것처럼 편한 기분을 자아냈다. 창밖으로 투명한 하늘 아래 멀리 선 아파트와 높은 건물들이 세찬 바람에 흔들리는 나무들 사이에 묻혀 있다. 삐죽하게 치솟은 활엽수들이 잎사귀를 바람에 내맡긴 채 쏴, 하는 파도 소리를 내며 한쪽으로 밀려갔다 다시 쓸려왔다.

사철 내내 푸른 소나무는 청청한 결기를 지켜야 하는 사명이라도 품은 듯 자잘한 속내를 드러내질 않는다. 지조도 지나치면 고집이 되는데, 그에 비하면 잎이 넓은 활엽수는 대책 없이 솔직하고 거리낌 없이 유쾌하다. 널따란 잎사귀가 하얀 속살을 이리저리 뒤집어가며 춤추고 있다. 실눈을 떠야 할 만큼 눈 부신 햇살을 잎사귀도 눈을 비벼가며 환호했다. 자연의 교감은 이렇듯 언제나 솔직하다. 대지에 가까운 굵은 나무 기둥은 묵직한 깊이로 뿌리를 내리고, 하늘로 오르는 잎새들은 높이 오를수록 햇살과 바람에 환호했다. 살아 있는 것은 스스로 멈추지 않는다. 살아 있는 것이 생명의 이름으로 연신 부대꼈다. 생명, 그것은 어떻게든 살아내라고 내린 신의 명령이지 않은가.

"밤부터는 물을 마시면 안 됩니다. 그리고 내일 아침 7시 전에 속옷이나 양말을 모두 벗고 환의만 입으세요. 그리고 오늘은 관장을 할 겁니다. 내일 아침에 세수하고 양치는 가능해요. 미리 압박스타킹을 신고 이동할 겁니다. 수술은 8시에 시작할 거고요."

병동 간호사가 수술 전에 반드시 지켜야 할 일들을 파란 색연필로 밑줄을 그어가며 말했다. 성조는 점심 식사 후부터 금식이었는데, 공여자인 나는 수혜자인 성조보다 지켜야 할 일이 많지 않은가 보다. 오랜 교단생활 탓인지 종아리에 울퉁불퉁 드러나던 푸른 혈관이 보기에도 끔찍했지만, 그냥 두면 안 된다는 경고도 있어 몇 년 전 하지정맥류 시술을 받았다. 그때 신었던 빡빡한 압박스타킹을 다시 신었다. 수술에서 생길지도 모를 혈전을 예방하기 위해 미리 압박한다고 했다.

"수술할 때 혹 출혈이 있을 수도 있어요. 그렇게 되면 수혈할지도 모릅니다"라는 말도 덧붙였다. 스물다섯 살 때 편도선 수술, 그리고 8년 전 인공고막 수술을 한 것 말고 큰 수술은 없었다. 현대의 의술은 워낙 뛰어나고 믿을 만해서 결코 일어나서는 안 될 일이 일어나지는 않을 것이다. 막연하지만 그런 확고한 믿음이 있어, 전신마취 후유증이나 수혈 가능성도 두렵지는 않았다. 그동안 성조가 병치레하면서 여러 증상을 한 꺼풀씩 벗겨내던 과정을 봐서 그럴지도 모른다. 무엇보다 세상을 만든 신이 결코 내게 나쁜 일을 만들지 않을 테니까. 천성적으로 무딘 성격은 쓸데없는 염려를 저만치 밀어놓게 했다. 잘되라고 하는 수술이니 믿는 만큼 이루어지지 않겠는가. 한 푼어치의 믿음으로라도 붙들고 경외한다면 신도 외면하지는 않을 것이다.

내 허리 뒤에 붙은 두 개의 신장 중 왼쪽 신장을 적출해 성조의 오른쪽 신장 아래에 붙이는 수술은 그 누구도 쉽게 할 수 있는 공사가 아니다. 투시하면 나의 신장 자리는 하나가 비어있을 테고 성조는 양쪽 신장에 하나 더 붙어 신장이 셋으로 보일 것이다. 오래전이라면 상상으로도 가능했을 리 없는 수술이다. 염려하지 않는다고 큰소리치듯 장담했어도 내일이 지나면 신장 하나가 없어진 만큼 몸의 반응도 이전과 같지는 않을 것이다. 당연하지 않은가? 그래도 10퍼센트 대의 신장 기능을 갖고 지금까지 견뎌낸 성조에 비하면 섣부른 기우일 따름이다. 물론 이 모든 것을 수치로 판단할 수 있는 것은 아니다. 인간의 몸은 숫자로 계산할 수도, 이성의 힘으로 통제할 수도 없도록 오묘하게 빚어지지 않았던가.

비뇨기과 담당 의사와 주치의도 수술 전 회진을 다녀갔다.

"왼쪽의 신장이 나올 만큼, 그러니까 어른 주먹만 한 것이 나올 만큼 배꼽 위를 절개할 거고요. 마취 후에 제가 들어가니 수술 전에는 만나지 못할 겁니다."

"아, 환자분의 신장이 기형인 것은 알고 있나요? 보통 신장에 동맥혈관 큰 것이 하나 있어요. 물론 두세 개 있는 사람도 있지만. 환자분은 신장 아래쪽으로 동맥혈관 큰 것이 하나 있고, 거기에 작은 가지가 하나 더 있어 쉬운 수술은 아닐 겁니다. 그렇지만 걱정은 하지 마시고요. 수술 잘하도록 하겠습니다"라는 말에 이어 수술할 복부를 살피고 갔다. 신장이 기형이고 복부에 지방이 많아 수술이 쉽지는 않을 것이라고 했지만, 마지막 말만 오래도록 남았다. 때로는 의사가 신에 버금가니까.

"걱정은 하지 마시고요. 수술 잘하도록 하겠습니다."

해가 저물고 어스름 내린 창밖에 도시의 불빛이 하나둘 켜졌다. 하늘에 어두운 구름이 내려와 검은 산을 이루었다. 이 밤이 지나면 우리 부부는 내어주고 받아드는 이벤트의 주인공이 된다. 캄캄한 창밖을 우두커니 바라보다 걱정 따위는 없다던 한낮과 달리 비장한 마음이 슬며시 고개를 들었다. 102병동에 있는 성조에게 전화를 했다.

"여보, 용서를 청하고 싶은 사람이 있어요?"

"음……."

성조는 말하지는 않았지만, 용서를 청해야 할 누군가가 있었다.

"용서를 청하거나 용서해야 할 사람이 있으면 지금 우리 마음속으로 용서를 구합시다."

35년간 부부로 살아오면서 이런 말을 꺼내기는 처음이다. 주제넘은 것은 아닌가 하면서 낮은 소리로 조심스레 꺼낸 말이었다.

신장 이식은 생애 가장 큰 수술이 될 것이다. 큰일을 앞두고는 목욕재계하지 않는가. 부정을 타지 않도록 마음가짐이라도 정결히 하고 싶었다. 속옷을 벗고 오직 환의만 입고 수술실에 들어가야 하는 것처럼, 가슴 언저리에 걸려 있던 것들도 모두 훌훌 벗어놓고 가야 한다. 수술이 성공한다고 하더라도, 우리는 차디찬 수술대에 육신을 누이고 몇 시간 동안의 죽음을 경험해야 하는 사람이다. 다시 눈뜨지 못하더라도 후회가 되지 않도록 마음을 비워내는 것, 그것은 용서하고 용서받는 일이다.

털어놓고 말하지는 못했지만, 성조와 나에게는 용서를 청할 사람도 있고, 용서해야 할 사람도 있다. 용서의 대상은 먼 곳이나 오래된 기억 속에 있지도 않았다. 가깝게 지내고 서로 잘 아는 관계에서 발생했던 일들이었다. 함께 도모했던 일에서 서로의 생각이 달라지기 시작할 때가 있었다. 각자의 주장이 앞섰기 때문에 생긴 충돌이었고, 충돌은 갈등을 빚었다. 그러다 갈등을 풀어야 할 기회를 놓친 채 관계는 일그러지고 말았다. 그저 종이한 장 뒤집듯 '돌아보니 나의 과실이 컸네. 내가 부족하다 보니 그랬네. 늦었지만 미안하구나.' 말 한마디면 봄 햇살에 얼음 녹듯 풀어졌을 일이었다. 그러나 결코 내 잘못은 없으며, 네가 나를 이해하지 못했기 때문이었다고 끝까지 자신을 옹호했기 때문에, 가볍게 뒤집을 수 있는 종이 한 장이 물에 젖은 솜이불처럼 무거웠던 것이다.

용서도 훈련이 되어야 한다. 용서할 일이나 용서받을 일을 만들지 않는 것이 최선이겠지만, 세상살이가 어디 그렇던가. 큰 수술을 앞둔 지금, 내 속에 들어찬 많은 것 중에서 '용서'는 가장 큰 걸림돌이다. 오늘 밤이 저물기 전에 떠오르는 몇몇 얼굴에게 무언의 용서를 청해야겠다. 부디 용서하시길.

II

겸허히 받아들다

창가에 노란 꽃을 놓아주렴

"환자분, 병실로 갑니다."

아직 온전히 깨어나지도 않았는데 병실로 간다니……, 간호사의 재촉하는 목소리가 의아하게 들렸다. 희끄무레한 전등 빛이 눈꺼풀 사이로 스며들었고, 슬리퍼 끄는 소리, 옷들이 스치고 의료기들이 부딪치는 소리가 한꺼번에 나를 깨웠다. 내 의식은 아직도 꿈속에 머문 듯 아득한데 푸른 옷을 입은 이송원이 다가오자, 침대가 움직이고 전등 빛도 따라 빠르게 움직였다.

"엄마!"

회복실 문이 열리자 아들의 뜨거운 목소리가 들려왔다. 승강기 문이 열리고 위층으로 올라가는 기계음이 머리 위를 붕붕 흔들어댔다. 눈을 뜰 수가 없었다. 어렴풋한 기억들이 희부옇게 다가오면서 주변의 현실이 서서히 깨어나 다가오기 시작했다. '아, 수술이 끝났구나! 내가 돌아왔구나.' 눈을 뜨고 살펴볼 겨를도 없이 병실에 도착했다. 모든 게 빨랐다.

"하나, 둘, 셋!"

이송원과 간호사가 힘을 합쳐 이동침대에 누운 나를 시트째 들어 올렸다. 악! 외마디 비명이 터져 나왔다. 내 몸이 침대 바닥이 아니라 천 길 낭떠러지로 굴러떨어지는 것만 같았다. 말로 설명하기 힘든 통증이었다. 온몸이 갈가리 찢겨나가는 건지 아니면 이미 낭자하게 잘려나간 건지, 나의 감각이 나의 몸에 머물러 있는지 분리되어 있는지 확인되지 않았다. 치명적인 고통은 의식마저 지배한다는 걸 깨닫는 순간이었다.

"엄마, 엄마……."

안절부절못하는 아들의 목소리가 안타깝게 떨렸다. 그저 엄마를 되풀이해서 부르는 것밖에 어찌할 수 없는 아들의 애끓는 소리였다. 몇 시간이고 서성였을 수술실의 문이 열리고 엄마의 얼굴이 나타났으니, 그 시간 동안 마음 졸였을 아들의 목소리가 잠겨 갈라졌다. 간호사들이 나를 얼러가며 바르게 눕히는 시간은 길었다. 나도 모르게 비명이 끊이질 않고 터져 나왔다. 끔찍하리만치 아프고 길었던 순간이 지나고, 어느 정도 진정이 되자 조금씩 정신이 들었고 눈이 뜨였다. 두 아들이 근심 어린 얼굴로 나를 내려다보고 있었다. 아들은 어미가 이렇게 아파하는 모습을 본 것도 처음이고, 연거푸 내지르는 비명을 들은 것도 처음이었을 것이다. 겨우 통증이 가라앉자 어미 속에 품어져 있던 뜨거운 것이 끓어올랐다. 언제 저렇게 컸는지…….

부연 시야에 노란 꽃다발이 들어왔다. 탁구공같이 동그랗고 작은 노란 꽃을 역시 노란 프리지아가 감싸고 있는 꽃다발이었다. 회사에 일주일간 휴가를 낸 작은아들에게 수술이 잘되면 노란 꽃을 창가에 두어달라고 미리 일러두었던 터였다. 이 와중에 무슨 꽃 타령이냐고 하겠지만 전신 마취와 몇 시간 동안 이어질 수술에 대한 불안을 떨칠 수 없었고, '아빠는?' '수술은 잘되었니?'라고 물어볼 수도 없을 것만 같았다. 이렇게까지 아프리라고는 짐작하지 못했지만, 마취가 풀리면서 오는 통증은 어느 정도 예상했던 터라 아빠의 수술 결과가 좋다면 노란 꽃으로 알려달라는 뜻이었다. 작은아들은 잊지 않고 엄마의 눈길 닿는 곳에 노란 꽃을 두어 기쁜 소식을 전했다.

인공신실에서는 혈관을 뜨겁게 달구던 선홍이 생명의 색이었다. 아프거나 아프지 않거나 살아 있다는 징표는 투석기를 따라 불끈불끈 돌고 돌던 선홍의 피였다. 온몸의 구석구석에 길을 내고 생명을 이어가던 색이 선홍이었다. 그랬던 생명의 색을 나 혼자의 생각으로 노랑으로 바꿨다. 노랑은 깨어나고 다시 태어나는 색이기 때문이었다. 껍질을 깨고 나온 여린 병아리가 부르르 떨며 최초의 몸짓을 보여주는 깃털이 노랑이고, 백설의 눈밭을 비집고 봄을 부르는 전령인 복수초 꽃도 노랑이며, 대지에 봄 소식을 알리며 내려앉는 태양의 빛 또한 노랑이다. 노랑은 어두운 것을 물리치고 일어나지 못하리라 여겼던 것을 다시 피어나게 하는 생명의 색이다. 그러니 꽃의 빛깔은 반드시 노랑이어야 했다.

창가에서 다소곳한 노란 꽃다발이 수고했다고, 수술이 잘되었다고 가만가만한 향기로 건너와 전했다. 어미를 지켜보는 아들의 젖은 눈동자에도 노랑이 여릿여릿 번졌다. 아빠의 수술이 괜찮다니……, 그제야 가물가물 잠에 빠져들 수 있었다.

"엄마, 괜찮아요?"

"아무렴, 괜찮고말고. 나는 다 준비되었다. 아빠도 벌써 준비를 마쳤을 거야."

동이 트기도 전인 어둑한 새벽에 두 아들이 병실 문을 열고 엄숙한 표정으로 들어왔다. 아버지와 엄마가 동시에 수술실에 들어가는, 여느 사람들에게는 흔치 않은 큰일이라 밤새 뒤척였는지 아들의 낯빛이 꺼칠했다. 큰아들은 엄마 곁에 남고 작은아들은 아버지에게 갔다. 엄마는 수술이 끝나면 이 병실로 되돌아오지만, 아버지는 중환자실의 무균실로 이송되기에 짐을 꾸려야 했다.

압박스타킹을 신고 환자복을 매만지는데 이송원이 이동침대를 끌고 왔다. 아침 7시, 수술 전의 모든 순간은 시곗바늘보다 빠르게 지나간다. 침대는 달리듯 이동했다. 잰걸음으로 따라오는 큰아들의 큰 눈에 수심이 그득해 보였다.

"엄마, 잘하고 오세요."

말수 적은 아들의 낮은 목소리를 뒤로 남긴 채 수술실로 들어갔다. 환자가 누운 서너 개의 침대가 한 줄로 대기하고 있었다. 내가 누운 침대도 그들 옆에 나란히 멈추었고, 머리 위로 수술실 문이 열리고 닫히는 소리가 이어졌다. 머리에 비닐 캡을 씌우던 간호사가 이름을 묻더니, 수술 전에 알아야 할 몇 가지 사항을 차분하게 알려주었다.

"아, 남편분이 오셨네요. 그 옆으로 이동할게요."

그렇지 않아도 곧 수술실로 갈 텐데 남편은 언제 오려나, 머리맡에서 울리는 문소리에 신경이 쓰이던 참이었다. 간호사는 침대를 머리 위쪽으로 빼내어 방금 도착한 성조의 침대 옆으로 옮겼다. 배려라는 게 달리 있을까. 마음에 쓰이는 것을 행동을 옮기는 게 배려 아닌가. 간호사의 살뜰한 마음에 코끝이 시큰했다.

"고마워."

"나도 이렇게 할 수 있어 고마워요."

좀처럼 속내를 드러내지 않던 그가 '고마워'라는 말을 입 밖에 내며 손을 내밀었다. '지금 기분은 어때요, 수술 잘될 거예요……'라는 몇 마디 말보다 '고마워' 한마디면 충분했다. 하루하루 날을 세어가며 기다리던 날이 오늘이고, 이제 10여 분이 지나면 삶의 반전이 일어난다. 성조의 손은 부드럽고 따뜻했다. 우리는 손을 잡고 천장에 붙은 글을 읽었다.

'조금만 힘내세요. 이 또한 지나갑니다.'

'우리 의료진은 최선을 다합니다. 믿고 힘내세요.'

'곧, 가족들을 만날 수 있습니다.'

수술을 앞두고 별별 생각과 갖가지 두려움으로 초조할 환자에게 보내는 의료진의 응원 메시지였다. 대기실에서 기다리는 시간은 두근두근 뛰는 심장이 잠시도 쉬지 않는 긴장의 시간일

터였다. 수술이 얼마나 이어질지는 모르겠지만 곧 지나갈 것이고, 의료진을 믿고 두려워하지 말라는 짧은 메시지가 오늘따라 유난히 살가웠다. 흔하게 써왔고 들어왔던 문장이었는데 천장에 붙어 있는 글자 하나하나가 살아 움직여 내 어깨를 어루만지는 손길처럼 느껴졌고, 정말 그렇게 될 것같이 편안하게 다가왔다.

비뇨기과 수련의가 나를 먼저 데리러 왔다. 비뇨기과의 수술실에서 나의 왼쪽 신장을 적출하고, 적출된 신장은 재빨리 외과 수술실로 옮겨져 성조의 오른쪽 신장 아래에 붙이는 수술을 한다. 우리 부부는 내어주고 받아들이는 생명 잇기 이벤트가 치러질 수술실로 가기 전에 두 손을 다시 꼭 잡았다. 그리고 불끈 쥔 주먹으로 "파이팅!"을 나눴다.

가물가물 빠져들었던 잠에서 깨어났다. 시야는 여전히 희부옇고 걱정스레 쳐다보던 아들의 얼굴도 창가의 노란 꽃도 희미했다. 폴대에 비닐 주머니 몇 개가 달려 있고 복대 두른 배 주변으로 소변줄과 핏줄이 늘어져 있다. 손가락과 발가락을 꼼지락거리며 신경과 근육을 확인했다. 곧바로 통증이 느껴졌다. 조금이라도 움직이면 생살이 터지는 것처럼 아팠다. 복부가 내 온몸을 장악한 것인지 꼼짝할 수조차 없었다. 입술이 바싹 타들어 가고 목이 말랐다. 오늘은 물을 마셔선 안 된다고 했다. 아들이 물을 묻힌 솜을 입술에 대어주었다. 입술을 닦기도 하고, 물고 있기도 하고, 입안을 닦아내기도 했다. 조난당한 사막에서 한 열흘쯤 지나 구조된 사람처럼 '물, 물, 물'을 몇 번이나 갈구했는지, 아들은 나의 신음 속에 '물'만 들려도 얼른 달려와 물에 적신 솜을 입에 물렸다. 어제 마취과에 근무했던 학교 후배로부터 "물을 미리 많이 마셔두세요"라는 전화가 왔을 때, 그렇게 하겠다고 말했지만, 몇 시간쯤 갈증을 못 참겠냐고 미리 마셔봐야 소변으로 다 나갈 거라고 가벼이 넘겼다. 게다가 분만의 통증보다 큰 고통이 어디 있겠으며, 기껏해야 그 정도쯤일 고통 한 번 더 겪는 거라고 생각하면 그만 아니겠냐고 거드럭거렸던 호기는 또 어떻고……. 겪지 않는 한 장담할 것이 없는데, 이만큼 살아보고도 잘난 척 허세를 부렸던 것이다. 갈증은 온몸의 통증을 더욱 견디기 어렵게 내몰았다. 꿀꺽꿀꺽 목을 타고 넘어가는 물소리가 환청처럼 들려왔다. 참을 수 없을 만큼 갈증이 일 때마다 아들에게 "물!" 하고 소리쳤다.

오후 나절이 되었을까. 성조의 주치의가 중환자실의 무균실에서 회복 중인 성조를 만나고 내가 있는 병실로 올라왔다.

"남편분의 수술이 잘되었습니다. 소변이 너무 나온다고 생각할 정도로 콸콸 잘 나옵니다."

'콸콸'이라니, 아파 죽을 지경에도 '콸, 콸' 두 글자가 어찌나 경쾌하게 들리던지. 그래야지, 성조의 소변이 콸콸 나오라고 내가 이렇게 아픈 것이니……. 통증이 심해서 그런지 시야는 여전히 부옇고 손가락 하나 마음대로 움직일 수 없었지만, 성조의 콸콸한 소변에 축배를 들고 싶었다. 하지만 "아하! 그렇군요"라는 짧은 환성이나 고맙다는 인사는커녕 "아파, 아파" 끙끙대는 신음만 흘러나왔다.

내어주고 받아들던 순간

수술대에 눕자 금속의 냉기가 온몸에 오싹하게 퍼지고 몸이 부르르 떨렸다. 수술 준비를 마친 전공의 몇이 나지막하게 두런거리고, 천장 아래의 둥근 수술 조명이 켜졌다. 공상과학영화에서나 본 듯한, 지구에 착륙한 우주선의 문이 열리고 빛을 등진 외계인이 긴 그림자를 끌고 걸어 나오던 장면이 연상되는, 눈부시게 밝고 둥근 조명이었다. 수술 조명은 내 몸을 빨아들이듯 강렬한 빛을 쏘았다. 눈을 감고 숨을 골랐다. 잠시 후 까무룩 잠든 서너 시간 동안 수술대 위에 누운 몸에서 정신은 어딘가에 부양되어 있었을 것이다. 모른다는 것, 느끼고 알아채는 감각에서 벗어나 있다는 것은 어찌 보면 다행일 수도 있겠지만, 만에 하나라는 경우의 수에 숨겨진 두려움이 어찌 없을까. 마취에 대한 두려움이란 이대로 누운 채 깨어나지 못하거나, 이탈되었던 정신이 제자리에 돌아오지 못하거나, 혹은 내 몸의 일부가 전처럼 자유롭게 반응을 하지 못할 수도 있으리라는 기우이리라.

복권에 당첨될 확률보다 더 낮은 확률에 대한 두려움보다, 정작 걱정되는 것은 몇 시간 동안 반듯하게 누워 있을 때 생기는 왼쪽 등의 결림 현상이었다. 작은아들이 고등학교 2학년 때였던가. 아들을 데리고 있다는 바로 '그놈 목소리'가 들려오는 전화를 받았다. 당시 횡행하던 보이스피싱의 흔한 레퍼토리였으나, 예상치 못한 내게 닥친 일이라 당황할 수밖에 없었다. 마침 집에 있던 큰아들이 상황을 감지하고 작은아들에게 계속 전화를 시도했으나 일당이 어떤 수를 써서 교란시켰는지 작은아들의 휴대폰은 계속 통화 중이었다. '그놈'은 공포에 질려 우는 아들의 목소리를 들려주었고, 내 아들이 납치될 리도 없고 우는 아이의 소리 또한 내 아들의 것이 아니었지만, 머릿속은 갈피를 잡기 어려웠다. 심장의 고동은 몸 밖으로 튀어나올 듯이 요란하게 쿵쿵거렸다. 학교를 마치고 집으로 돌아오던 길에 휴대폰에 집 전화번호가 계속 뜨는데 통화가 되지 않은 걸 이상하게 여긴 작은아들이 친구의 휴대폰을 빌려 전화를 걸어왔다. 그렇게 흉포한 보이스피싱 상황은 종결되었지만, 적잖은 충격 탓인지 등에 담이 생겨 며칠간 치료를 받았다. 그날 이후로 몇 시간씩 반듯하게 누워 있으면 그 자리가 다시 결리곤 한다. 수술대 위에서는 흐릿해져 가는 기억마저 소환해내고, 순간의 시간은 영원으로 이어지듯 길었다.

이어 수술 장면이 연상되었다. 녹색 옷을 입은 의사의 손에 들린 칼이, 아니 메스라고 하자. 칼이라고 하니 정말 섬찟하지 않은가. 의사가 메스를 조심스럽게 수술 부위에 댈 것이다. 이어 복부의 살이 부드러운 지퍼가 열리듯 갈라지며, 척추동물의 비뇨기관 중 하나인 신장을 찾아내어 연결된 혈관을 분리하고, 왼쪽 신장을 끄집어낼 것이다. 아, 이때도 끄집어내는 것보다 적출이란 말로 적나라한 장면을 어느 정도 포장할 수 있겠다. 우리말로 쓰면 이해가 쉬울 의학용어를 왜 한자어나 영어로 써야 하는지 마땅치 못했는데, 현장에 오니 그 까닭이 넌지시 짚어졌다. 적출한 신장을 재빨리 외과 수술실로 옮겨가고, 왼쪽 신장의 빈자리에는 다른 장기들이 적절하게 자리 잡도록 보살핀 후, 다시 봉합할 때까지 지극히 얇고 가느다란 것들을 한 치의 오차가 없이 잘라내고 맞추는 것을 비출 조명이라 생각하니, 저 조명에게도 부디 흔들리거나 깜박거리는 일 없이 집도의의 손길을 보살펴 달라는 바람마저 들었다.

수술대 주변에서 수련의들이 주고받는 대화는 일상의 이야기인 듯 가벼웠다. 내게는 심리적 압박이 천 근의 무게로 와 닿는 막중한 과업인데, 그들에게는 늘 해오던 하루의 업무였다. 그들의 무심함과 가벼움이 오히려 나의 근심을 저만치 밀어놓았다.

"다 잘될 겁니다. 자, 이제 마취 들어갑니다."

나의 생명줄을 쥔 전공의의 가벼운 말을 끝으로 기억이 끊어졌다.

김훈의 소설 『공무도하』에 생방송으로 중계하듯 신장 이식 수술 현장이 숨 막히는 긴박감으로 묘사된 대목이 있다. 의사가 마취된 공여자의 옆구리를 가르고 복막을 열어 복강경을 들이대고, 긴 집게를 절개구 안으로 넣어서 천천히 끌어낸다. 신장이 빠져나오자 절개구는 오므라들었고, 신장은 발갛게 살아 모세혈관이 할딱거리며 숨을 쉰다. 이어 의사가 신장에 딸려 나온 요도와 혈관을 가위로 끊어내고 신장을 옆방으로 보내면 외과 수술실에선 넘어온 신장을 수혜자의 복막 안에 들여앉히고 혈관과 요도를 연결시킨다. 공여자가 내어준 신장의 피가 수혜자가 받아든 신장으로 붉게 살아나는 장면들을 어찌 그리도 예리하게 그려냈는지…… 작가의 섬세한 필치는 우리 부부가 몇 시간 동안 이 세상의 사람임을 잊고 누웠던 수술 과정의 순간들을 놓치지 않고 그려냈다. 소설의 등장인물 중 공여자를 나로, 수혜자를 성조로 대입해보면 우리 부부의 수술 장면이 현장에서 지켜보듯 생생하게 그려진다. 공여자로서 대업의 장면을 내 눈으로 확인할 수 없음이 무척 아쉬웠던 참이었다. 꼼꼼한 스케치로 신장 이식수술의 장면을 보여준 김훈 작가에게 두 손 모아 감사드린다.

오전 8시 '수술에 함께하고 있습니다. 최선을 다하겠습니다.'

오전 11시 반 '수술이 종료되어 회복실로 가실 예정입니다.'

오전 12시 '병실로 가실 예정입니다. 회복실 퇴실 후 검사가 예정되어 있는 경우에는 병실 도착 시까지 일정 시간이 소요될 수 있습니다. 빠른 회복을 기원드립니다.'

며칠이 지나고서야 병원에서 내 휴대폰으로 보낸 메시지를 보았다. 성조의 수술은 옮겨온 나의 신장을 방광과 이어 봉합하는 마무리 시간이 더 걸렸지만, 서너 시간 만에 우리 부부는 콩팥 하나를 내어주고 받아들였다.

생긴 게 콩이고 색깔은 팥이라 해서 콩팥. 어른의 손바닥만 한 길이에 가운데 손가락만 한 폭, 책 한 권의 두께와 무게로 척추를 사이에 두고 두 개가 서로 맞은편에 자리 잡은 콩팥. 갈비뼈가 끝나는 쪽 복막 뒤로 오른쪽과 왼쪽에 하나씩 둥지 튼 콩팥. 오른쪽 것은 간 바로 아래에 있고, 왼쪽 것은 횡경막 아래 비장 근처에 있는데, 오른쪽은 간의 위치 때문에 왼쪽에 비해 약간 아래쪽에 있다.

이제 나의 왼쪽 콩팥이 성조의 오른쪽 콩팥 아래에 자리를 잡았다. 그리하여 내게는 하나의 신장이 두 개의 역할을 하고, 성조는 세 개의 신장이 하나의 몫으로 살아가게 된다. 우리는 마침내 콩팥으로 연결된 부부가 된 것이다. 눈에 보이지 않는 장기의 기능을 간과하고 살아왔던 지난 몇 년간, 아니 이미 십수 년 동안 방치했던 몸이 한 막을 내리고 새 막을 열어가는 순간이다.

비록 나의 한쪽 신장을 내어주는 일이지만 나의 전부를 내어준 것이고, 성조 또한 아내의 작은 몸을 받아들인 것이지만 아내의 모든 것을 받아들인 순간이리라. 내어준 내 몸이나 받아든 그의 몸이나 혼인서약에 나오듯 까만 머리가 파 뿌리가 되도록 살아내야 하는 한 몸이 된 것이다. 내어주고 받아드는 이 순간은 우리 부부에게 두고두고 영광스러운 기억으로 남을 것이다.

4월 22일! 우리 부부가 다시 태어나는 날이라 해도 지나치지 않을 것이다. 어쩌다 보니 이 날짜가 두고두고 기억될 숫자가 되었다. 오래전 손편지를 쓰고 부치는 일이 소원해진 무렵, 정보통신부 산하의 편지 단체를 이끈 적이 있었다. 누군가가 그대가 되는 편지를 손으로 쓰고 우표 붙여 보내자고, '보내는 이'와 '받는 이' 두 사람 사이에 오가는 것이기에 2와 2를 합친 22일을 '손편지 쓰는 날'로 제안하는 민간 운동을 펼쳤다. 그날이 4월 22일이었다. 우리 부부 두 사람이 한 사람으로 다시 태어난 바로 그 날!

산다는 것은 하루하루 천천히 태어나는 것이다. 신장 하나를 내어주고 받아든다는 것은 내가 누군가의 생명이 되고, 그는 생명을 받아 다시 태어나는 것이다. 그러니 지금까지 살아오면서 쌓아온 것들 가운데 버릴 것은 버리고 갓 태어난 아기와 같은 마음과 눈으로 살아가야 하지 않을까. 무겁고 어두웠던 성조의 몸에도 밝고 가벼움이 깃들 것이다. 내어주고 받아들던 순간은 어둠이 빛으로 변하는 순간이었다.

내 배에도 왕(王)자가

땅, 땅, 땅……. 창밖 어디선가 쇠붙이를 두들기는 소리가 간헐적으로 울려 퍼졌다. 여느 때 같으면 창가로 다가가 병실 아래를 한참 굽어살폈을 텐데, 지금은 짧게 퍼지는 망치 소리로 내가 깨어 있음을 확인하고 있다.

아프다! 통증의 극단을 확인시키려는 양, 살아오면서 이만큼 아팠던 적이 있었던가를 반추하게 할 정도의 통증이다. 몸을 가눌 수 없는 통증은 수술하고 사흘이 지나도록 이어졌다. 담당 의사는 신장을 받은 수혜자보다 공여자의 통증이 본래 더 심하다고 했다. 죽음보다 더 무서운 것이 통증이라던 슈바이처의 말이 어슴푸레 떠올랐다. 그도 통증을 겪어보고 그런 말을 했을까. 아파본 사람만이 타인의 상처를 헤아리는데. 나는 아들을 낳던 해산의 통증을, 성조는 대장암 수술 후 방사선치료에서 오던 극심한 통증을 견뎌냈다. 통증을 극복했던 기억을 되새기면서, 수술 후에 올 통증의 염려 따위는 안중에 두지 않았다. 결과에 대한 기대감에만 부풀어 있었을 뿐.

첫아들이 태어나던 날, 분만 대기실에는 여남은 명의 산모가 분만을 기다리며 진통을 견디고 있었다. 가파른 진통으로 소리를 지르다 못해 침대에서 떨어지는 이, 남편을 고래고래 욕하던 이, 남편의 양말로 배를 문지르면 순산한다며 보름달처럼 부푼 배를 연신 비벼대며 끙끙 앓던 이, 진땀을 흘리다가 유도분만 해달라고 떼를 쓰던 이, 생명의 탄생을 장엄하고 거룩하게 받아드는 정경은 결코 아니었다. 이 아수라장이 지금껏 기억에 또렷한 것은, 외국의 현장과 연락이 닿지 않아 첫아들이 태어난다는 기별조차 받지 못했던 성조가 사무치게 그리웠던 때였던지라 무척 예민했기 때문이다.

막바지 진통이 몰려오면서 복식호흡을 하기도 점점 힘에 벅찼다. 가쁜 숨을 몰아쉬면서 신의 아들을 잉태한 동정녀 마리아의 해산 장면을 상상했다.

그녀도 나약한 여자로 진통을 겪었을 텐데 마구간에서 소리소리 지르고 남편의 양말을 배에 문지르며 순산을 기원하지는 않았으리라. 아들이 그것도 전능하신 신의 아들이 세상에 태어나는데, 어미가 될 그녀는 뼈를 녹이는 진통을 힘겹게 욱여넣으며 삭였을 것이다. 신의 아들은 아니어도, 남편의 부재가 가슴 서늘한 그늘이어도, 한 아이가 세상에 태어나는 순간만큼은 어느 것에 비길 수 없는 거룩한 빛이 감도는 찰나 아닌가. 어미가 내지르는 소리를 듣고 태어나는 아기는 얼마나 슬프고 힘겨울 것인가. 상상 속 동정녀를 따라 신음 한 번 안 내고 바닥난 힘을 끌어모아 견딘 모진 진통 끝에, 첫아들을 건강하게 낳았다. 그랬던 나였는데 이식수술 후 파고드는 통증은 경험하지 못한 죽음보다도 무서웠다.

견디기 힘든 몸을 더욱 아프게 흔들어대던 바람이 잦아들었는지, 아픈 내 몸이 아물어가는 것인지 하늘을 세차게 훑던 바람 소리가 잠잠했다. 가까스로 고개를 돌려 곁을 보니 작은아들이 간이침대에 몸을 웅크린 채 잠들어 있다. 하긴 엄마가 사흘 밤낮으로 끙끙대며 앓는 소리에 잠을 이루지 못했을 테니까. 뒤척이는 작은 소리에도 득달같이 일어나 "엄마, 어때요? 많이 아프세요?" 이마를 짚어보고 엄마의 마른 입술에 물 적신 솜을 갖다 대던 아들이었다. 무통주사를 챙기고 항생제 주사액과 늘어진 소변줄을 찬찬히 살피던 엄마의 병실에서, 중환자실에 격리된 아버지의 상태를 알아보느라 8층과 3층 사이의 비상계단을 오르내리며 금쪽같은 휴가를 보낸 아들이었다.

"아인, 아프게 하여 진심으로 미안하오. 그 말 외에는 위로의 말이 생각나지 않는구려. 나 자신이 죄인이오. 힘들겠지만 시간이 약이라고 생각하오. 뒤처리가 더 중요하다고 하니 처리 방법을 알아두어야 할 것이오. 신의 가호가 있을 것이오."

수술이 끝나고 나흘째 되는 날에야 성조가 보내온 메시지를 보았다. 마음을 써야 할 때는 아내를 별칭으로 불렀던 성조는 수술이 끝나고 정신이 든 이튿날에 아내 '아인'에게 메시지를 보냈다. 그런데 사나흘이 되도록 아내는 메시지를 읽지도 않았고 답신도 없었다. 성조는 자신이 아내를 아프게 한 죄인이라 미운털이 단단히 박혔으리라 생각했다. 성조는 내가 시야도 뿌옇고 휴대폰에 신경 쓸 여력조차 없다는 것을 알 수 없었을 테니까. "엄마가 많이 아파요"라는 아들의 말만 전화선으로 건네 들었으니까. 좀처럼 속내를 드러내지 않던 성조도 나에 대한 미안함에 사로잡혀 마음이 무거웠을 것이다.

성조는 아내보다 한 시간이 더 걸린 수술이 끝나자 중환자실

안의 무균실에 격리되었다. 낯선 장기의 이식은 수혜자의 면역을 최대한 끌어내려야 가능한 수술이다. 성조의 몸은 면역 상태가 최저였기에 균으로부터 철저히 차단되었다. 자칫 균이 침범하면 모든 게 다 삐걱거리고 말 것이다. 격리된 공간에서 마취가 풀리자 자신도 모르게 큰 소리를 내질렀던 것을 알았고, 안정이 되면서 의료진에게 사과했다. 그러고 보면 오래전 인공관절 수술을 마친 아버님께서도 자신도 모르게 헛소리를 하고 몹시 흥분하는 증세가 한동안 있었다. 간병하던 내게 "박 사장, 노래 좀 불러봐" 하던 아버님이 이상했지만 오죽이나 아프면 그럴까, 혼자만의 짐작으로 정말 뭣도 모르고 노래를 불러드렸다. '섬망'이라는 의사의 말을 들을 때만 해도 대체 무슨 그런 희한한 병명이 있나 싶었다. 마취가 풀리면서 심한 통증이 충격이 되어 헛소리가 나오고 착각에 빠지는 섬망이 유전될 리야 없겠지만, 성조도 수술의 후유증으로 착각을 일으키며 흥분하는 증세가 있었나 보다.

하루가 지나자 엷은 미음으로 공복을 면할 수 있었다. 물도 마실 수 있었다. 물을 마실 수 있다는 것만 해도 큰 축복이었다. 물은 살아 있는 자에게 내린 생명수요, 물컵은 거룩한 성배나 다

름없었다. 하루 이틀이 지나면서 물을 많이 먹어야 하고 마신 물의 양을 기록하라는 간호사의 지시를 받고 보니, 막상 많은 물을 먹는 게 곤욕이 되었다. '물, 물, 물'을 갈구할 때는 손에 닿지 않는 오아시스였는데, 허겁지겁 물을 마시고 나자 남은 물을 버리는 처지가 되었다.

이튿날 아침 몸무게를 재러 온 간호사가 나를 일으켰다. 또 "악!" 하고 비명이 터져 나왔다. 내가 발끝 하나 움직일 수 없게 아프다는 것을 아는지 모르는지, 일어나 체중계에 오르라고 하는 간호사가 어찌 이다지도 매정한가 싶어 원망이 절로 나왔다. 아직 내 몸은 내 의지대로 움직일 수 있는 것이 아니었다. 별수 없이 드러누운 채 무게를 재는 바구니같이 생긴 체중계로 아들과 간호사 두 사람이 힘을 합쳐 들어 옮겨 체중을 쟀다. 사흘이 되면서 안간힘을 써가며 스스로 일어나려 했다. 침대 한쪽 난간을 잡고 어깨를 돌려 몸을 뒤틀다가 배에 힘이 들어가자 "억!" 소리가 나와 다시 누웠다. 몇 시간을 보내고 다시 어깨를 천천히 돌려 모로 눕는 연습부터 한쪽 다리를 올렸다 내리는 동작을 반복했다.

시간은 흘러 '펑!' 부탄가스 터지는 듯한 소리로 몸 안의 가스가 터져 나왔고, 돌처럼 딱딱한 변이 나올 때는 산통을 다시 겪는 줄 알았다. 걷기를 시작하면서 병동의 복도를 따라 돌았다. 81병동 한 바퀴는 152보 거리다. 일어서고 걸을 수 있다는 것, 직립보행이야말로 가장 인간다운 자세일 텐데 그게 쉽지 않았다. 대퇴부의 감각이 무뎌지고 앉고 일어설 때마다 팽팽히 당겨진 고무줄이 끊어지면서 몸을 때리는 것처럼 찌릿찌릿했다.

"엄마의 골반 자세가 안 좋아요. 그저 두 다리로 걷는다고 걷는 게 아니에요. 바른 걸음걸이가 내 몸의 형태를 바르게 해주는 것이에요. 슬리퍼 끄는 소리가 나지 않게 뒤꿈치부터 먼저 바닥에 닿고 발가락으로 밀듯 걸어보세요." 큰아들이 거들었다. 아들이 가르쳐준 대로 걷고 또 걸었다.

내가 병동을 세 바퀴씩 도는 동안 성조는 중환자실에서 10층의 1인실로 옮겼다. 그의 신장 기능 수치는 좋아졌다가 나빠지기도 하고, 혈압도 오르내리기를 반복하고, 낯선 장기에 대한 공격과 방어로 백혈구 수치도 등락을 거듭했다. 두 층만 올라가면 그를 만날 수 있는데 의료진과 간병인 한 사람 외에는 아무도 들어갈 수 없었다. 코로나19 바이러스 탓에 병원 안과 밖의 모든 사람이 마스크를 착용해야 하지만, 성조는 마스크를 더욱 꼼꼼히 챙겨야 할 만큼 균의 감염에 주의해야 했다. 그는 천천히 회복의 길에 들어서고 있었다.

수술 후 일주일, 기증자인 내가 먼저 퇴원한다. 주치의가 내 배의 절반을 덮은 드레싱밴드를 떼고 마지막 소독을 했다. "이제부터 밴드는 하지 말고 복대만 하세요. 일주일 뒤에 실을 뺄 것이고요. 그리고……, 앞으로 복부 수술은 안 될 겁니다."

앞으로 복부 수술은 하지 못할 것이라는 주치의의 근심스러운 당부에 왜냐고 묻지 않았다. 그 까닭이 넌지시 짚어졌으니까……. 일주일 만에 드러난 배를 거울에 비춰 보았다. 배꼽 위로 굵은 실로 꿰맨 자리에 뱃살이 울퉁불퉁 소시지같이 엮여 있었다. 왼쪽 옆구리 쪽에 세 군데 자국이 드러났고, 배꼽 위 수술 자국은 쫙 펼친 손바닥을 벗어날 정도로 넓었다. 가뜩이나 늘어지고 부푼 뱃살로 비뇨기과 집도의 보기가 민망했는데, 메스가 지나간 자국은 더 흉하고 끔찍했다. '아, 나의 신장 하나가 나온 자리가 이렇게 낭자하구나!'

퇴원하기 전 성조의 입원실에 들렀다. 한 사람만 머물 수 있어 간병하던 아들과 교대로 들어가니 성조의 얼굴은 내 남편이 맞나 싶을 정도로 부었고, 주변에 늘어진 몇 개의 주사 줄과 소변줄이 혈압조정기와 엉켜 그의 침상은 온통 줄로 얽어맨 듯했다. 시시각각으로 혈압을 확인하고 혈액을 채취하는 여러 종류의 검사가 긴박하게 진행되고 있는 분위기였다. 외부의 공기가 드나들지 못하는 음압 격리된 방이라, 나도 감염을 일으킬 수 있는 외부인이었으므로 오래 머물 수 없었다. '다 잘될 거다, 우리 그것만 믿고 지금까지 오지 않았나.' 말하지 않아도 말을 알아듣는 우리 부부는 눈길 하나에 의지해 온갖 말을 주고받았다.

다시 일주일이 지나 비뇨기과의 외래 진료에서 잘 아문 수술 자리의 실을 제거했다. 상처는 아물어도 흉터는 남으니, 퇴원 전에 소시지 엮은 듯 흉한 뱃살에 글쎄, 임금 왕(王)자가 떡 하니 새겨진 게 아닌가. 처진 뱃살이 만든 가로 삼 획에 세로줄이 하나 선명하게 내리그어졌으니, 그게 흉터였다. 달구어진 쇠꼬챙이로 낙인을 찍어 누른 양, 메스가 지나간 자리가 벌겋고 두껍게 아로새겨진 것이 왕(王)자가 슬쩍 기울어진 형상이다. 키 크고 늘씬하다며 미스코리아에 나가라는 말까지 들었던 때가 언제인지, 수십 년이 흘러 늘어나고 부푼 뱃살에 거울 보기가 꺼려지곤 했다. 운동을 시도하다 접기를 여러 번, 언젠가 왕(王)자가 새겨진 초콜릿 복근을 꿈꾸곤 했다. 그런데 그 소망이 이렇게 뜻밖에 이루어지다니! 억지스러운 코미디가 거울 속에서 현실이 되었다.

왕(王)자가 새겨진 뱃살을 측은히 바라보니, 내가 살아왔고 앞으로도 살아갈 힘이 저 뱃살에 숨어 있었다. 먹을 것 죄다 먹어가며 운동을 게을리 한 탓에 생긴 흉한 뱃살이라도, 저 배에 켜켜로 숨겨진 힘이 성조의 투석을 도왔고, 결국 이식까지 감행할 수 있지 않았을까. 처진 배 위에 생긴 왕(王)자가 비록 흉할지라도 '왕'의 훈장이라 할 만했다. 울뚝불뚝 드러난 흉터를 쓰다듬고 또 쓰다듬었다.

가족의 품으로 귀환하다

　우르릉 쾅! 천둥이 울리고 번개가 치면서 억수 같은 비가 병실의 창을 두들기며 흘러내렸던 이틀이었다. 밤새 내린 비에 뿌연 먼지가 씻기고 창밖으로 멀리 보이는 63빌딩의 유리 벽에 부딪히는 금빛 햇살이 찬란하다. 말간 하늘 아래 북한산의 그림 같은 산세가 천년 도읍을 지키는 수문장의 위용으로 드러났다.

　드디어 성조가 퇴원하는 날이다. 수술 후 4주 만에 퇴원 결정이 났고, 입원한 날로부터 31일 만에 집으로 돌아오게 되었다. 지난주 외과와 신장내과의 협진에서 성조의 퇴원을 고려했으나 체온이 38도에 이르고, 신장 수치가 떨어져 퇴원이 연기되었다. 하루하루 집에 갈 수 있다는 기대감으로 설레는 아침을 맞이했고, 검사 결과에 따라 퇴원이 연기되는 저녁이 이어졌다. 퇴원은 미루어지고 항생제를 주사하면서 매일 피 검사와 약물 조정이 이어졌다. '퇴원은, 퇴원하는 날에서야 정해진다.' 퇴원이란 집으로 돌아가는 것만이 아니다. 그것은 병원을 떠나서도 회복될 수 있는 안심 신호이기도 하다. 물론 잦은 검사와 외래 진료가 따라야 하지만.

드디어 오늘 아침, 빈혈과 백혈구, 혈소판 수치가 회복되고 신장 기능 수치인 크레아티닌과 BUN도 정상 범위에 들어왔다. 체온도 36.5도를 유지해 마침내 최종 퇴원 결정이 난 것이다.

"집에 간다고 하니 어때요?"

"글쎄……, 잘 모르겠네."

입원 전 까맣게 염색하고 왔던 머리털이 늙은 수사자의 갈기처럼 허옇게 푸석거렸고, 얼굴의 부기가 빠져 턱살이 늘어지고 수척한 얼굴에는 형형한 눈빛만 살아 있다. 마스크 위로 두 눈이 수술 전보다 더 커지고 흰자위가 깨끗해졌다. 투석할 때는 붉은 실핏줄이 얽혀 눈자위를 벌겋게 물들였는데.

'그래, 이렇게라도 좋아져야 수술한 보람이 있지'라는 말은 삼켰다. 대책 없이 더 나아가면 '그래, 이렇게라도 좋아져야지, 그래야 내 신장을 준 보람이 있지'라고 무심히 내뱉을지도 모를

일이었다. 장기 하나를 내어주고 나서 혹여나 생색내기로 들리
거나, 상처라도 될까 싶어 말을 하다가도 멈칫거리는 것이 요즘
생긴 버릇이다.

101병동 간호사가 들어와 성조의 손목에서 환자의 코드가
새겨진 팔찌를 가위로 잘라냈다. 싹둑! 가위가 지나던 소리가 가
슴께를 흔들었고 눈자위가 시큰거렸다. 환자의 이름과 진료등록
번호가 새겨진 파란 손목밴드를 잘라내는 것은 족쇄를 풀고 이
제 사람들 틈으로 들어갈 수 있다는 일종의 해방 선언이었다.

'당신은 이제 해방이오. 돌아가시오. 그대의 가족이 있는 둥
지로!'

"색시구먼. 나는 사장님 야그를 듣고 안사람이 누군가 궁금
했구먼. 지가 이 일을 한 지도 꽤 됐는디 시방까지 안사람 것을
내줬다는 말은 못 들어봤구먼. 다들 속 썩이던 서방 죽으라고 놔
두지 자기 것을 주려고들 안 혀. 이 야그를 듣고 시상에 이런 일
도 있나 했지. 뭐, 뇌사잔가 거시기 것을 기다리는디 당췌 오지
를 않아서 죽는다는 야그는 들었어도 말이여. 지 속으로도 놀랐
지 뭐유. 그래서 안사람을 꼭 한 번 보고 잪았지."

병원 한 지붕 아래에 있던 아내가 퇴원하고 두 아들도 직장

으로 복귀했다. 혼자 해낼 수 있다고 장담하던 성조도 막상 홀로 되니 병실 안의 모든 것들이 그렇게 막막할 수가 없었다. 부득이 자신을 도울 간병인을 청했고, 일흔을 훌쩍 넘긴 할머니 한 분이 오셨다. 경력 20년의 전문 간병인 할머니는 은근히 까다로운 성조의 비위를 느리고도 빠르게 맞추었다. 날은 더워가는데 성조의 격리병실은 냉방을 할 수가 없었다. 부채가 있어야겠다는 성조의 말에 작은 선풍기를 갖고 오도록 하라면서 땀에 밴 성조의 등을 젖은 수건으로 찬찬히 닦아주는 어르신이었다. 10여 년 환자를 돌보면서 온갖 애환을 만나고 신음과 짜증을 받아낸 경험이 어르신의 거동에 배어 있었다. 작은 선풍기를 들고 간 나를 만나자, 덥석 손부터 잡고 느릿느릿 인사를 건네던 어르신의 눈가가 촉촉이 젖어 들었다.

퇴원하고 집으로 돌아오자 마음은 한결 안정되었으나 담당 의사의 말대로 공여자의 통증은 쉽게 가라앉지 않았다. 성조의 혈압과 신장 수치가 오르내리면서 애를 끓일 때, 나는 이부자리에 바로 눕지도 못하고, 그렇다고 옆으로 돌아누울 수도 없을 정도로 아팠다. 자다가도 일어나 온몸을 웅크리고 뒹굴었던 적이 한두 번이 아니었다. 신음이라도 내면 작은아들이 자다가 뛰어올까, 소리를 삼켜가며 겨우 눈을 붙이면 돌아가신 엄마가 나를 데리러 오는 꿈을 꾸곤 했다.

집으로 갈 가방을 챙기는데 신장내과 이 교수와 주치의가 들어섰다. 수술이 끝나고 사흘 되던 날이었던가. 온몸을 찔러대는 통증을 달래며 가까스로 의자에 앉았다. 뿌연 시야 속으로 들어오는 이 교수와 주치의의 표정에 오늘따라 선한 미소가 배어 있다. 예의를 갖출 힘마저 고갈되어 입을 열지도 못하던 나를 측은한 눈길로 바라보던 그들이었다.

"우여곡절이 많았는데, 다행이라고 하기는 음…… 여러 검사를 다시 했고 확인했으니 다행이지요."

"이제부터 집에서도 바이러스에 감염되지 않도록 조심하셔야 해요. 특히 곰팡이가 없어야 하고 모든 음식을 익혀 먹어야 해요. 일전에 열이 오른 것도 요로감염을 의심할 수 있어요. 남자는 요도가 여자에 비해 길어 요로감염의 위험은 덜한 편이나 이식 후에는 면역이 억제되어 감염이 쉽게 됩니다."

"체온이 38도가 넘으면 바로 연락을 하고 응급실로 와야 합니다. 평소 자각 증상을 잘 느낄 수가 없을 테니 각별하게 신경 써야 합니다. 신장은 본래 등 쪽에 있지만, 이식된 신장은 복막 아래쪽에 있어요. 그래서 배에 갑자기 힘을 주지는 마셔야 해요.

집 안에서라도 걸으시고 근력이 약해지지 않도록 하시고요. 다음 주 외래 진료 오시기 전, 혈액 검사를 해야 하는데 아침 면역억제제를 먹기 전에 채혈해야 하고요."

"수술 후에는 이식된 신장의 거부 반응을 예방하기 위해 면역억제제를 지속적으로 복용해야 합니다. 그렇게 되면 체내의 면역 기능이 저하되니까 특히 감염에 노출되지 않도록 주의하셔야 하고요. 퇴원 후 숙지해야 할 사항은 다음과 같습니다. 우선, 약물은 정해진 시간에 정확한 용량을 복용해 항상 일정한 약물 농도를 유지해야 하고요. 병원에서 검진받으시는 날은 혈중 농도 검사 이후에 약을 복용해야 합니다. 본인이 드시는 약에 대해서 약의 이름, 용량, 용법을 정확하게 알고 있어야 하고요. 불시의 상황을 대비해서 여분의 약은 반드시 휴대하시고 여행할 때도 여유 있게 갖고 다니세요. 복용하던 약 이외의 것은 반드시 주치의와 상의하셔야 해요."

"동물성 지방과 콜레스테롤이 많은 음식의 섭취는 제한하고, 음식은 싱겁게 섭취하셔야 합니다. 칼슘이 많은 식품을 섭취하여 골다공증을 예방하고, 술과 담배는 금물입니다. 체중이 증가하지 않도록 주의하고, 매일 아침 용변 후 체중계로 체중을 확인해야 합니다."

"운동은⋯⋯, 매일 조금씩 규칙적으로 하시고, 다칠 위험이 있는 운동은 피하세요. 빠른 걸음으로 매일 30~60분 정도 걷는 것도 바람직한 운동입니다."

"퇴원 후 3개월 정도는 사람이 많이 모이는 곳은 피하고, 반드시 마스크를 착용하고 외출하시고요. 외출 후에는 반드시 손과 발을 씻어 개인위생을 항상 청결하게 하셔야 해요. 가족 중에 감기나 수두 등을 앓는 감염증 환자가 있으면 피하셔야 하고요."

"고열과 이식된 신장 부위에 통증이 있거나 소변량이 갑작스럽게 줄거나, 체중이 변하고 구토, 설사, 감기 등의 증상이 있을 경우는 즉시 병원에 연락하셔서 필요한 조치를 받으세요."

장기를 이식받은 환자가 지켜야 할 수칙들이 산더미 같았다. 앞으로 걸어갈 길이 강보다 길어 보였다. 하지만 이 교수의 말대로 많고 많았던 우여곡절과 두렵기만 했던 고개를 넘어 이제 집으로 간다.

두려움이란 견디어낼 자신이 생기지 않을 때 몰려오는 먹구름이다. 두려움 앞에 지레 겁을 먹거나 무릎을 꿇게 되면 시련은 더 큰 힘으로 다가온다. 시련을 약화시키는 가장 일차적인 방법은 내 힘을 키우는 것, 바로 두려움에 당당히 맞서는 것이다. 늘 그렇게 마음먹고 있지만, 무의식의 깊은 곳에 도사리고 있는 두려움까지 떨쳐내지 못하는 것이 인간이기도 하다. 그러면서 든 생각이 최소한 두려움을 두려워하지는 말자는 것이다. 두려움은 또 다른 두려움을 낳는 법이니까. 생각해보면 지금까지 만났던 고비들이 지나고 보면 한 계단씩 올라가는 삶의 계단이었고, 삶의 가치와 의미를 깨닫게 하는 선물 같은 순간들이었다.

'고통은 선물'이라고? 무슨 시답지 않은 말을 금언처럼 여기저기 퍼뜨리는가, 하고 일축했던 적이 있다. 그런데 성조가 투석하면서부터 지금까지 쓰고 있는 이 글이야말로 고통이 낳은 산물이고, 글을 써가면서 나는 비로소 삶의 궤적을 추적하고 앞으로 나가야 할 방향을 감지하는 안테나를 마련해가고 있다.

이식할 신장을 몇 년씩 기다리는 투석 환우들은 '신은 없다!'고 절규한다. 깜깜한 벽에 갇혀 고군분투하는 자신들에게 신의 자비는 결코 내려 오지 않는다고, 소소한 바람에도 위태롭게 흔들리는 생을 이어가고 있는 그들이다. 성조도 위기가 닥칠 때마다 스스로를 포기할 만큼 정신적으로 쇠약했다. 도저히 넘을 수 없을 것 같았던 큰 산 앞에서 몇 차례 유언을 남겼던 성조는 역설적으로 그간 받았던 고통으로 두려움 앞에 겸손하게 되었다. 시시각각 갖가지 모습으로 달려드는 두려움이 성조에게는 병고

였고, 두려움을 함께 받들어가는 아내와 가족이 있다는 게 그나마 다행이었다. 두려움 없는 삶? 오히려 그게 화가 되지 않을까? 부정하지 않고 받아들인다면 그 또한 약이 되지 않을까?

자, 이제 가족의 품으로 가자.

끝날 때까지 끝난 게 아니다

"신장을 이식하면 그동안 참아왔던 것들에서 해방될 줄 알았어요. 그런데, 그게 아니네요. 당신은 신장 이식하고 뭐가 달라졌어요?"

"잘 모르겠네. 글쎄, 소변이 잘 나온다는 것?"

"그래도 물을 마음 놓고 마실 수 있잖아요. 당신이 물을 마시는 걸 보면 내 속이 다 시원하던데."

"물이야 전에도 먹긴 했었는데……, 아무래도 투석을 하지 않는 게 제일 큰 변화겠지."

매사 이성적인 성조는 감정을 살피고 구구절절 자상하게 표현하지 못하는 편이라 답이 짧막하다. 이번에도 이식 후 달라질

신세계를 그리며 들떠 있는 나의 기대와는 달리, 그의 대답은 밋밋하고 짧다. 부부의 삶은 화성과 금성의 두 별세계가 만나는 일이니 그러려니 한다. 그래도 예전보다 몇 자 더 늘어난 답변이 고맙기는 하다.

"당신이 신장을 이식하고 나면 심 봉사가 눈을 뜨듯 격렬하게 만세삼창이라도 환호할 줄 알았는데……."

"몇 시간씩 투석하지 않아도 되고 투석 합병증을 걱정 안 해도 되는 게 제일 크지."

매주 사흘 동안 하루에 네 시간씩 병원에서 지내던 그간은 집과 병원의 이중생활이라 해도 지나치지 않았다. 투석으로부터의 해방은 그야말로 만세삼창 감이고, 옥죄던 굴레에서 벗어나 자유를 얻었노라고 네거리에 나가 큰소리를 외쳐야 할 판이다. 그렇지만 신장 이식이 결코 만병통치는 아니다. 만성 콩팥병 환자에게 아주 좋은 치료법이지만, 이식으로 인해 그 병이 완치되지는 않는다. 환우나 가족은 으레 이식만 하면 '불행 끝 행복 시작!'이라고 무지개 꿈을 꾸지만, 마음가짐을 냉정히 해야 한다. 신장을 새로 얻어 전보다는 먹을 수 있는 게 많아졌고, 물도 마음껏 마시고, 성조의 말대로 투석을 하지 않아도 되지만, 평생 면역억제제를 복용하면서 반드시 지켜야 할 사항들을 꼼꼼히 따르면서 자신을 돌봐야 한다.

무엇보다 그동안 방치했던 몸을 알아보고 챙기는 눈이 생겨야 한다. 거울에 비춰 보며 그저 불어난 살과 늘어진 근육, 흰머리와 주름살이나 살펴봤지, 눈에 보이지 않는 몸속의 오장육부는 기어코 탈이 나고 나서야 인식을 한다. 망가진 신장은 조상으로부터 내려온 유전자 탓이든 환경이나 스트레스가 원인이든, 자신의 몸을 잘 돌보지 못해 빚어진 인과응보이지 않은가. 그러니 이제 새로 얻은 몸을 겸손하게 돌보고 세심히 보살펴야 한다. 새로이 얻은 생명의 한 부분과 몸이 교감할 수 있도록 배려하고 건강하게 이어가면서 새 삶의 책임자가 되어야 한다.

이식을 하더라도 면역억제제를 거르지 않고 새 생활의 규율을 잘 지키면 20~30년은 더 살 수 있다고 했다. 20년이든 30년이든 수명 연장에 큰 의미를 두지 않는다고 쉽게 말하지만, '이식하면 얼마나 더 살 수 있을까요?'는 환우들의 공통된 질문이었고, 우리 부부에게도 드러내지 않는 은근한 관심사였다.

성조 곁에서 네댓 시간 동안 걸러지는 핏줄에 몸을 맡긴 투석 환우를 지켜보면서 여러 생각이 오갔다. 오래 사는 것만이 능사는 아니다. 늙고 병들고 마침내 생을 마치는 것은 누구도 피해 갈 수 없는 숙명이며, 살아온 날의 양이 삶의 질을 결정하는 것도 아니기 때문이다. 다만 얼마나 최선을 다해 삶을 살았는가 하는 것이 인생의 척도가 될 수는 있겠다. 나로 인해 한 사람의 인생이 행복으로 채워졌다면, 내가 이 땅에 온 의미는 그런대로 뿌리내린 것이리라고 절로 중얼거리곤 한다.

홍매 나무의 꽃봉오리가 겹겹으로 둘러싸여 얼굴을 내밀던 이른 봄이었다. 회색빛 묵은 나무에 분홍빛 새 가지가 뻗어나고 있었다. 나뭇가지에도 혈맥이 돋는 듯 불그레했다.

"나무도 저렇게 새 가지를 만드는데, 사람인 나는 당최 뭘 하고 사는지 모르겠다."

"맞아요. 나도 그런 생각을 많이 해요."

홍매를 별칭으로 가진 Y형님이 매화나무에 삐죽이 올라오는 새 가지를 보고 한탄을 하자, 곁에서 꽃 사진을 찍고 있던 D형님이 맞장구를 쳤다.

"형님들! 우리는 아들을 낳고 딸을 낳았잖아요."

"아하, 그러고 보니 그러네. 그걸 모르고 살았네. 하하."

학생들을 가르치는 직업이 오래되다 보니 아는 척하는 버릇이 불쑥불쑥 고개를 내밀었다. 아내의 고질병 같은 그 버릇이 마뜩잖아 성조의 지청구를 듣곤 했는데, 또 훈장 티를 내고 말았다. '이 나이가 되도록 그걸 몰랐을까'라고 받아주는 형님들께 고개를 숙일 수밖에.

그래도 해야 할 말은 해야 하지 않을까. 나 또한 나이가 들어 갈수록 세상에 한 사람으로 온 의미와 까닭을 진지하게 생각하게 된다. 불쑥 나온 말이지만, 여자와 남자가 만나 부부가 되어 자식을 낳고 한 가정을 이루는 일이 뭐 그리 대수일까. 부모님이 그렇게 살았고, 내가 그렇게 살고 있으며, 내 아이들이 또 그렇게 살 것이라고 허투루 생각할 일이 아니다. 사람이 사람을 만나 또 한 사람이 태어나는 일은 이 땅의 한구석이 눈부시게 빛나는 일이다.

제자의 결혼 주례를 선 일이 있다. 예식이 끝나고 주례석에서서 결혼행진곡에 맞춰 행진하는 제자 부부의 뒷모습을 보다가 저도 모르게 혼잣말을 했다. "아, 주례란 새롭게 출발하는 부부의 뒤를 지긋이 지켜보는 일이구나." 스포트라이트를 받고 걸어가는 그들 부부가 어찌나 눈부시던지 하객들에게 기립박수를 권하자 모두 일어나 큰 박수로 그들을 축복했다. 두 사람이 부부로 걸어가는 길은 이토록 눈이 부시게 찬란하다. 결혼식의 한 장면에 그치지 않는, 이 땅을 빛나게 하는 일이다. 제자 부부는 딸과 아들을 낳고 지금은 제주도에서 삶을 가꾸고 있다. 그러고 보면 나로 인해 한 사람을 이 땅에서 다시 살아가게 하고, 뿌리내린 자식이 다시 이 땅에서 최선을 다해 살아간다면 세상에 태어난 의미가 충분하지 않겠는가.

집에 돌아오니 성조의 몸에 들어찼던 부기가 빠지기 시작했다. 부풀었던 풍선에서 공기가 소리 없이 새어 나오듯 하루하루 몸무게가 줄어들고 팽팽하게 당겨졌던 피부에 주름이 잡히기 시작했다. 턱살이 힘없이 늘어지고, 어깻죽지의 뼈가 앙상히 드러나는가 하면 머리털마저 하얗게 쇠어 한순간에 노인이 되었다. 장기 하나를 더 갖다 붙인 오른쪽 배만 조금 부풀었을 뿐, 좀처럼 빠질 것 같지 않게 살집이 올랐던 종아리가 홀쭉해져 뼈마디 살갗이 자글자글 주름졌다.

수술 후 입원 중일 때는 정강이를 누르면 깊게 들어간 자리가 한참 있어야 제자리로 올라오곤 했다. 요독증으로 온몸이 붓던 장면이 연상되어 혹시 수술이 잘못되었나 하는 불길한 생각에 사로잡히곤 했다. 그러다 다리의 부기를 만져보던 담당 의사의 표정이 딱히 어둡지 않아 마음을 도닥였다. 수술 전 72킬로그램이던 몸무게가 56킬로그램이 되었으니, 몸 안에 똬리를 틀고 버티던 쓸데없는 것들이 죄다 빠져나간 모양이다. 건강한 신장을 받은 성조는 다시 태어났다. 갓 태어난 아기처럼 몸의 장기나 근육들이 애초의 것들로 돌아간 듯 여리기만 하다.

　혈액이나 복막 투석은 신장병을 완화시키는 것이 아니라 신장의 기능을 일부 대신하는 것이다. 그래서 때를 거르지 않고 꾸준히 이어가야 했다. 작년 말 투석 예고를 받은 성조가 불면증이 생겨 수면제 처방까지 받았으나, 잠을 이루지 못하기는 매한가지였다. 성조를 따라 나락에 빠진 듯 하루하루가 위태로웠을 때, 투석 환자인 엄마와 신장을 기증한 딸의 이야기를 소재로 한 드라마가 인기리에 방영되었다. 고아원에 맡겨졌던 딸이 어른이 되어서야 찾아온 엄마는 투석 환자였고, 담당 의사로부터 '이식만이 살길'이라는 말을 듣게 된 딸의 한숨은 텔레비전 밖으로까지 삐져나올 듯 깊고 길었다. 딸에게 늦게나마 엄마 노릇을 다한 엄마는 생명보험금을 남기고 떠났고 쓰러진 채 발견되었다.

　성조의 투석을 앞두고, 남녀 주인공의 러브라인보다 신장이 좋지 않은 엄마의 이야기에 속속들이 꽂혔다. 혈액 투석을 받는 장면에서는 눈에 번쩍 힘이 들어갔고, 쓰러진 엄마를 찾아내 딸이 이식하는 장면은 분량이 짧아 못내 아쉬웠다. 햇살 환하게 내리쬐는 바닷가에서 바람결에 날리던 모녀의 웃음이 쭉 이어지길. 딸의 신장을 받은 엄마가 다시 건강해지는 결말을 염원했다. 왜 저 드라마는 투석 환자의 애환을 다뤄 가슴을 켜켜로 저미게 할까, 작가의 설정이 못마땅했지만, 드라마의 극적인 효과로 빼어나긴 했다.

새 신장이 성조의 하루를 바꿔놓았다. 성조는 투석하지 않아도 된다는 것이 좋다고 했으나, 어디 그뿐이랴. 몇 가지 제약이 있기는 했지만, 전보다 풍성하게 먹을 수 있다는 게 어디 사소한 일이겠는가. 신장의 기능이 나빠진다는 것은 인간이 가진 절대적이고 고유한 권한인 미각의 즐거움을 포기해야 하는 일이다. 투석으로부터의 해방, 제한되었던 음식을 누릴 자유. 그 두 가지만 해도 어마어마하게 큰 변화일 것이다. 이렇게 성조를 옭아맸던 동아줄이 슬며시 풀리면서 이제 막 빛이 스며드는 계단으로 오를 참이다.

신장의 기능과 비례해 고공 행진했던 혈압이 이식 후 안정을 찾기 시작했다. 혈압과 신장은 남편과 아내의 사이처럼 기분이 좋으면 덩달아 기쁘고 한쪽이 불쾌하면 따라 침울해지는, 떼려야 뗄 수 없는 관계였다. 그뿐만 아니라 이식된 신장으로 보이지 않는 몸의 얽히고설킨 그물이 천천히 자리를 잡아가는 것이 느껴졌다. 불면의 밤을 벗어나 잠도 편히 잘 수 있게 되었고, 만성 콩팥병에서 오던 눈물겨운 증상들이 잠자듯 가라앉은 것이다. 그러나 '신장 이식은 불행 끝 행복 시작!'의 기치를 내걸기에는 섣부르다. 말기신부전 환자의 처지에서는 벗어났지만, 성조의 병이 완치된 것은 아니다. 그동안 돌보지 못했던 몸을 살피고 소중히 여기면, 이식된 신장도 건강하게 유지될 것이라 믿고 다시 마음을 다잡는다.

몸이 아프다고 해서 줄곧 아픈 사람으로만 살아가는 것은 아니다. 신장 하나가 이식되고 성조의 몸에 나타났던 여러 증상이 없어지는 걸 보면, 사람의 몸은 짐작할 수 없을 정도로 복잡하게 얽혀 있음이 분명하다. 인간의 몸은 저마다 달라, 같은 병이라해도 저마다 다르게 진행되지 않던가. 어떤 이는 이식수술을 했다가 몇 년 만에 다시 투석을 하게 되었다고 한다. 그럴 수도 있겠지만 지금은 바람에 실려 다니는 소리에 귀 기울이지 않으리라. 오지 않은 행운에 들뜨지 않는 것처럼, 닥치지 않은 불행에 대해 불안해할 일도 아니다. 그러니 미래에 대한 근심을 섣불리 맘에 두지 않아야 하리라. 지금, 여기에서 할 일이 무엇인지 깨닫고 그 일에 최선을 다하자는 것이 그동안 성조의 투병을 지키며 익혀온 신조다.

어쩌다 삼시 세끼 요리사

"잘 먹었습니다."

"어떻게 만들었지? 국물이 참 맛있고 간도 좋네."

후루룩후루룩, 성조는 칼국수를 들이켜듯 단숨에 먹어치웠다. 국물까지 남김없이 먹고 나서야 살아 있어 감사하단 표정으로 숟가락을 내려놓았다. 목소리와 표정에서 칼국수의 푸근한 맛이 흘러나왔다. 돌아가신 아버님도 노인병원에 계신 어머님도 칭찬에 인색한 편이라 야속했던 적이 많았다. 그저 흐뭇이 웃으면 그게 칭찬인 줄 알았던 집안에서 '잘 먹었다'는 말만큼 후한 찬사도 없다. 게다가 신기하다는 듯 "어떻게 만들었지?"라고 되묻기까지 하다니. 예기치 않은 질문에 마치 요리사나 된 듯 우쭐

거리며 군말을 붙였다.

"국물용 멸치를 마른 냄비에 먼저 볶아요. 잡냄새가 가시면 찬물을 붓고 다시마를 넣고 우려낸 후 끓이죠. 중불에서 10분 정도 더 끓여 건더기를 걸러낸 후 국물을 만들어둬요. 칼국수를 끓일 냄비에 다시 국물을 붓고 끓이죠. 이때 밀가루를 털어내고 찬물에 재빨리 헹군 칼국수 면을 넣고 엉키지 않게 젓가락으로 살살 저어요. 칼국수가 한소끔 끓을 때 미리 채 썰어둔 오징어, 새우, 호박을 넣어요. 다시 끓어오르면 어슷하게 썬 대파와 다진 마늘을 넣고 간이 약하면 참치액젓이나 국간장을 쪼금 넣고 푹 끓여내면 이 맛이 나와요."

길게 이어지는 말을 성조는 끝까지 듣고 있었다. 그가 변한 것이다. 큰 수술이 끝나고 낯선 장기가 몸에 익숙해져 가는 반응인가. 아니면 그토록 바라던 나의 무디고 더디며 말 많은 유전자가 그에게 스며들기 시작한 것인가. 아무려면 어떤가. 그가 나의 길고 긴 수다에 귀를 기울이는 기적이 일어났는데.

돌부처도 돌아앉는다는 삼시 세끼! 성조의 삼시 세끼 식단 조율은 힘든 과제다. 결혼 후 35년간 요즘처럼 영양을 고려한 식단을 끼니마다 달리해서 차리는 일은 없었다. 한 끼를 잘 차려서 다음 끼니까지 나눠 먹거나, 외식을 하거나, 배달된 음식을 먹었다. 그런데 지금은 배달은커녕 외식은 상상조차 해선 안 되는 형편이다. 성조의 이식된 신장이 거부 반응 없이 안착될 때까지 저균의 음식과 저균의 물과 저균의 환경 속에 지내야 하고, 영양소가 고루 든 음식을 섭취해야 별 탈 없이 회복되기 때문이다.

그가 퇴원하기 전 거실과 안방의 에어컨은 전문가가 내부까지 뜯어 곰팡이를 없애고 말끔히 청소했다. 혼자 쓸 안방의 화장실과 샤워부스는 천장부터 바닥까지 구석구석 닦았고, 칫솔 살균기와 수건도 따로 마련했다. 청소는 진공청소기 대신 손걸레로 닦고 알코올로 마무리해 상쾌하게 감염 예방을 완료했다.

31일 만에 집에 돌아온 그는 아침 6시에 몸무게와 체온, 혈압을 재는 일로 하루를 시작한다. 면역억제제를 7시에 한 종류, 8시에 두 종류를 먹고 9시에 아침 식사를 한다. 12시에 점심 식사, 오후 3시의 간식에 이어 오후 6시 저녁 식사, 오후 8시에 면역억제제 복용까지가 병원에서 요구한 하루의 일정이다. 그렇게 일주일을 지냈다.

병원에서는 무균의 물을 마셨고, 양치 후엔 구강청결제로 입속 감염에 대비했지만, 퇴원 후부터는 끓인 물로 대체해야 했다. 매일 2리터의 옥수수차나 보리차 혹은 현미차를 엷게 끓여 식용

수로 준비했다. 설거지가 끝나면 도마와 수저 그리고 그릇들은 끓인 물로 소독하고, 방바닥이나 손잡이도 알코올로 닦아내면서 사흘이 지나니 점점 힘에 부친다는 생각이 들었다. 내 몸도 아직 회복되지 못했는데, 중증 환자인 남편을 돌보는 일이 만만치 않았다.

한 끼 정도는 사 먹을 수 있다면 좋을 텐데, 몇 시간만이라도 마음 놓고 쉴 수 있으면 좋겠는데……. 자기 몸 체크하는 일 외에는 하는 일 없어 보이는 성조가 내게 너무 의지하는 것 아닌가 하는 섭섭함도 일었다. 나도 아직 수시로 배가 당겨오고 현기증도 나는데……. 퇴원만 하면 할 수 있는 것은 무엇이든 최선을 다하리라 결심했고 얼마든지 해낼 자신감도 있었는데, 고작 사흘 만에 이 지경이라니. 역시 나는 감정이 먼저 움직이고 뒷심이 달리는구나.

별별 생각에 힘든 내색을 슬쩍 비추다가도 성조의 야윈 어깨를 보면 얄팍한 푸념을 접을 수밖에 없었다. 나흘이 되자 푸념과 생색도 잦아들었다. 시간이 지나다 보면 익숙해지는 것이 삶이니까. 식단 개발에 솔솔 재미가 붙어갔다.

"잘 먹어야 합니다!"

잘 먹어야 한다는 말은 퇴원을 축하한다는 인사 끝에 달라붙는 별책 부록이었다. 큰 수술을 했으니 고단백질의 보양식을 섭취하라는 말이다. 남편은 물론이려니와 남편을 돌볼 내가 잘 먹어야 한다고 갖가지 응원이 도착했다. M은 명인이 만든 열무김치와 군것질 종합세트를, 내가 말랐다고 눈시울을 적시던 B는 홍삼정을 보내더니, 며칠 뒤 귀한 중국 명과도 싸 들고 왔다. 고기 먹고 힘을 내라던 J는 한우를, 제자 S는 전복을, A선생은 참외 상자를, C씨는 토마토 상자를 보내왔다. 어스름 저녁 벨 소리에 대문을 열면 친구 K가 온기 가득한 갖가지 반찬을 들고 서 있었다. 평소 잘 먹던 종로 명가의 우거지탕과 갈비탕을 두 손 가득히 들고 오신 Y형님, 뭘 보내야 할지 모르겠다고 외식 상품권을 보내온 S와 케이크를 먹고 달게 회복하라는 E, 나박김치를 갖고 왔다가 병원까지 심부름했던 D, 마음을 담뿍 담아 성금을 건네준 남편 대부님 부부와 B형님, K형님, E형님도 잊지 못할 은인들이다. M은 그 뒤로도 회복 중에 편히 입으라고 우리 부부의 실내 옷까지 보냈다. 단 게 당길 거라고 며칠 내내 먹을 만한 크기의 수제 케이크를 보낸 B선생. S선생은 통증을 잊을 달달한 연애소설을, 자신의 아들이 잘 먹는다고 맛이 괜찮은 사골육수와 갈비탕을 바리바리 싸 들고 온 E, 전복과 과일을 장바구니에

담아 집까지 메고 오신 K님, 총각김치에 한우 등심과 쌈 채소와 밑반찬을 잔뜩 들고 온 V, 먼 데서 김치와 완두콩 오이피클을 끌고 오신 S형님, 허기질 때 마시라고 국산콩 두유 상자를 들고 늦은 밤 대문가를 서성이던 E형님, 손맛을 간직한 열무김치, 갓김치, 깐마늘, 콩으로 잘 먹어야 한다고 도닥이던 R형님, 미역 반에 고기 반으로 풍미 깊은 미역국을 큰솥 가득 들고 달려온 I, 제 코가 석 자인 처지에도 A는 항균 베개를 아침 댓바람에 들고 왔다. 시부모님께서 농사하신 제천 오미자청을 택배로 보내온 제자 Y, 홍천에서 농사지은 온갖 채소를 보내온 제자 S도 잊지 못할 깊은 정인들이다. 밥숟갈도 못 들게 아플 때 진한 전복죽을 들고 집 앞에 다소곳하게 서 있던 H.

이분들 외에도 알파벳 이니셜로 다 표기할 수 없는 많은 분이 우리 부부의 수술과 회복을 위해 미사를 봉헌했고 기도를 보태주었다. 몇 명에게만 알렸는데 소문이 퍼져 촛불 응원이 된 모양이다. 사람 사이의 정은 한순간에 화르르 피어나는 꽃처럼 향기를 멀리까지 퍼트리는 힘이 있다. 한 분 한 분의 머리글자를 남기는 것은, 그들의 응원을 두고두고 기억하며 살아갈 양식으로 삼고자 함이다. 사람은 다른 사람을 통해 신께 나가는 방법을 알게 되니까. 어쩌면 보이지 않는 신을 사랑하는 것이 보이는 이웃을 사랑하기보다 쉽다. 내 가까이 보이는 이웃을 통해 보이지 않는 신의 숨결을 체감하는 즈음이다. 그들로부터 받은 사랑을 간직만 해서는 안 된다. 사랑은 흘러가는 것이고, 다시 흘러가야 하니까.

무엇을, 어떻게, 잘 먹어야 하는가는 성조의 퇴원과 동반한 나의 수행 과제였다. 무엇보다 균이 적은 음식이어야 한다. 모든 재료를 완전히 익혀야 안심하고 먹을 수 있다. 한 달 전까지만 해도 잎이나 뿌리채소에 든 칼륨이나 인을 빼내기 위해 찬물에 식재료를 두세 시간 동안 담갔다. 특히 칼륨이 많은 감자나 토마토는 메뉴에 올리지도 못했다. 고단백질도 삼가야 해서 소고기는 손바닥 절반만큼만 먹어야 했고, 콩으로 만든 두부도 조심스러웠다. 물은 약을 먹을 때만 마셔야 했다.

지금은 재료를 골라 써야 하는 게 옛말이 되었다. 칼륨이 많은 감자볶음도 감잣국도 감자전도 마음 놓고 먹을 수 있고, 토마토도 익히면 얼마든지 먹을 수 있다. 그리고 현미나 검은콩이 섞인 밥은 언제든 좋다. 당뇨에 권할 만한 슈퍼 푸드니까. 질 좋은 단백질을 끼니마다 먹어야 해서 아침이 채소와 함께 볶은 소불고기였다면, 점심에는 명란을 갈아 넣은 계란말이나 계란찜, 저녁에는 생선구이나 생선전 식으로 고단백식을 이어가고 있다.

다만 잊지 말아야 할 것은 모든 재료를 푹 익혀야 한다는 것!

당분간 날것은 먹지 못하니 멸균된 통조림 복숭아나 파인애플로 과일을 대신했다. 파인애플 통조림을 개봉하면 다시 끓여 보관한다. 가공식품이나 견과류나 말린 것은 눈에 보이지 않는 곰팡이가 있을 수 있어 지금은 음식 재료로 쓰지 않는다. 면역억제제와 부딪히는 오미자와 자몽이나 녹차도 멀리해야 한다. 앞으로 한 해 정도 지나 이식된 신장이 성조의 몸에 적응하면 생채소나 생과일도 먹을 때가 오겠지.

아, 생선회는 성조가 평생 먹지 못하는 메뉴가 되었다. 날것, 특히 바다에서 펄떡이던 생선회는 면역력이 약한 이식 환자에게 절대 금지 식품이다. 도다리 물회를 찾아 운전대를 돌리던 포항 죽도항에서, 전망 좋은 자갈치시장에서 생선회 한 점을 소주 한 잔과 더불어 캬! 소리를 내며 즐기던 성조로서는 적잖은 슬픔이다. 성조는 부산 갈매기였다. 그가 생선회를 포기한다는 것은 푸른 물결 넘실대는 부산 앞바다와 이별하는 아픔이리라.

어쩌다 나는 신장 이식 환자를 위한 음식 연구가가 되어가고 있다. 단백질, 탄수화물, 지방, 무기질, 비타민의 5대 영양소로 완전히 익힌 갖가지 요리를 개발하고 있다.

마른 멸치볶음도 전과 달리 멸치에 양파를 넣어 촉촉이 볶았고, 오이 볶음에는 으깬 두부를 넣어 담백한 맛을 냈다. 간장이나 소금으로 간하기보다 미리 만든 육수나 멸치 다시로 간을 맞추곤 한다. 한 가지 재료가 아닌 여러 채소가 어우러져야 천연 조미료의 맛을 낸다는 것을 요즘에서야 깨닫는 중이다. 주부의 길에 왕도는 없다고 큰소리치던 내가 새삼스레 반성하는 까닭은, 그동안 내가 하나의 양념과 재료만을 중요시했던 35년 차 헛똑똑이 주부였다는 것이다. 양념은 약(藥)으로 생각(念)한다는 말인데, 그저 맛을 내기에만 급급했던 탓이다. 재료들이 서로 어우러져야 제맛을 낸다는 걸 이제야 깨닫다니, 늦깎이도 이런 늦깎이가 없다.

성조가 맛있다는 칼국수에는 사람이 살아가는 이치가 온전히 담겨 있다. 다시가 국물의 맛을 좌우하지만 실은 여러 채소가 한데 어우러진 데서 나온 것이다. 그래야 비로소 맛이 우러난다. 혼자 잘났다고 해서 세상살이가 수월하고 삶이 깊어지는 게 아니다. 가족과 이웃, 동료와 주변 사람들과 조화롭게 어울려야 충만한 삶을 꾸려갈 수 있지 않겠나. 맛도 그렇다. 한가지 재료가 다른 재료와 뒤섞이고 어우러질 때 비로소 깊은 맛이 나오는 것이다.

삶을 함께 걸어가는 길벗들이 기도와 선물로 응원해주어 우리 부부가 순조로이 회복되어가고 있다고 생각한다. 사랑의 마음으로 함께할 때 고통도 견디어 내기가 쉽다. 어쩌면 사랑의 응원이 처방된 약보다 더 큰 효력을 발휘하는지도 모르겠다. 따뜻한 말 한마디의 응원과 날라다 주던 소소한 음식들, 여러 형태의 위로와 힘을 보태어주던 손길이야말로 보이지 않는 신의 숨결이다.

병원에 가보면 세상 사람이 죄다 아픈 것만 같다. 아프다는 것은 나이와 성별을 가리지 않는다. 그럼에도 친지와 벗들로 둘러싸인 환자에게선 밝은 기운이 느껴지고, 홀로 웅크린 환자는 더할 수 없이 아파 보였다. 회복 또한 더딜 것만 같았다. 외롭다는 것 자체가 고통이기도 하니까.

저녁 식사 시간이 가까웠다. 오늘 저녁은 감자와 호박, 양파를 잘게 다져 만든 오므라이스와 콩나물국에 소고기 등심구이가 주메뉴다. 고기를 구울 때 신장에 좋은 가지와 삼색 파프리카, 그리고 염증을 예방하는 생강도 저며 곁들일 것이다. 이렇게 나는 신장 이식 환자를 위한 삼시 세끼 요리사가 되었다.

기적은 현재진행형

"오늘 몸무게가 얼마 나왔게?"

상장이라도 받은 어린아이처럼 들뜬 목소리로 성조가 말했다.

"네? 얼마인데요?"

"오늘 67킬로그램이야. 어제보다 1.5킬로그램이 빠졌어. 자, 이것 봐. 종아리 뭉쳤던 것도 빠지고 발등도 부기가 빠졌어."

"어머, 어떻게 이런 일이 있죠? 이틀 사이에 발목이 드러나다니 정말 신기하다."

기적이었다. 면역억제제의 효과이든, 신장이 제자리를 잡아가는 과정이든 이렇게 눈앞에 확연하게 드러나는 일이 기적이 아니고 뭐겠나. 기적은 보이지 않는 것들이 몸으로 드러나는 것이다. 깊이 감추어져 보이지 않는 힘을 믿고 따르는 사람의 내면은 단단하고 아름다우며, 기적은 그 순수한 믿음을 포기하지 않을 때 얻어지는 열매일 것이다.

사흘 전만 해도 장딴지가 뭉쳐 계단을 뒤뚱거리며 내려가야 했고, 그것도 중간중간 한참을 쉬어야만 했다. 코끼리 다리처럼 종아리와 발목의 경계가 두루뭉술한 일자형 다리였다. 그랬던 다리가 어제부터 부기가 빠지기 시작하더니 평평하게 부었던 발바닥이 곡선을 드러냈다. 퇴원할 때 몸무게가 72킬로그램이었다. 일주일이 지나도록 하반신의 부기가 그대로라 걱정했을 때, 신장내과 이 교수는 차차 좋아질 거라고 말했다. '차차'라는 부사가 막연하게 들려 그러려니 했는데, 정말 그대로 되어가는 것이다. 잠자는 사이에, 밥을 먹는 중에, 약을 먹으러 걸어가면서도, 장딴지의 뭉친 근육을 풀려고 멘소래담 로션을 바를 때도 시나브로 성조의 몸에서 노폐물이 빠져나가고 있었던 것이다. 신장이 차츰 자리를 잡아가는 적응의 과정인지는 모르겠지만, 투석할 때 기준치였던 건체중에 이르는 것도 머지않은 일인 모양이다. 빠질 대로 빠지고 나서 다시 차츰 근육이 붙을 거라던 이 교수의 말이 실현되어가는 중이다. 새삼 의료의 힘에 경외감이 느껴진다.

나흘 전 성조가 퇴원하고 닷새 만에 첫 외래 진료가 있었다.

10분이면 걸어갈 병원이 30분 넘도록 몇 발 떼고 잠시 쉬었다 다시 걸어야 하는 먼 길이었다. 걸어야 운동이 된다고 해서 힘겹게 걸었다. 내색하지 않았지만, 장딴지에 뭉친 근육통이 심해 성조는 걷는 내내 힘들어 보였다. 그런데 그날 아침에 측정한 채혈과 채뇨의 결과치가 힘겹게 걸어온 노고에 답했다. 신장 기능 수치가 1.54(정상치 0.6~1.5), 혈중 노폐물을 측정하는 BUN도 22(정상치 5~26)로 정상 범위에 들어갔다. 수술 전 신장 기능 수치 5.57, BUN 50이었던 그의 신장 기능이 회복되고 있다는 것이다. 그날 면역억제제의 처방이 다시 나오고, 혈압약의 조정이 있었다.

우리 몸에는 면역체계가 있다. 이 체계는 몸에 들어와 이식된 장기를 공격하려는 본능을 가지고 있다. 38도 이상의 고열이 나거나, 심한 두통과 근육통이 생기고, 이식된 부위가 아프거나, 소변의 양이 줄거나, 몸이 붓고 체중이 하루에 1킬로그램 이상 늘어나고, 혈압이 갑자기 상승하며, 기침을 하거나 숨이 차오르고, 설사와 복통, 혈변 현상을 보이는 것들이 이식된 신장에 대한 거부 반응이다. 이런 현상이 생기면 밤이든 주말이든 의료진에게 즉시 연락을 하라고 당부도 받았다.

수술 직후에 나타나던 거부 반응 현상이 하루 한 걸음씩 뒷걸음질 치고 있다. 면역억제제를 평생 품고 가야 할 벗으로 삼고, 사람이 많은 곳은 피하고 외출할 때는 반드시 마스크를 착용하고, 손 씻기를 잘하다 보면 정상적인 일상이 어느덧 문 앞에 와 있을 것이다. 지켜야 할 수칙이 코로나19로 인해 예행연습이 되었던 참이다. 영양을 골고루 섭취하고 운동도 자주 하면서 한 해 정도 잘 관리하면 분명히 지금의 일들을 옛일처럼 떠올릴 때가 올 것이다.

다시 이틀이 지나고 63.2킬로그램.

지난주 첫 외래 진료에서 담당 의사가 성조의 부은 다리와 발을 만져볼 때만 해도 72.1킬로그램이었다. 하지 부종이 죄다 빠졌다. 67킬로그램이 되면서 발목이 드러나고 장딴지에 단단하게 뭉쳤던 부기도 통증도 사라졌다. 기적이 눈에 보인다고 외쳤던 이틀 전이다. 그런데 하루에 2킬로그램씩 빠지는 성조의 몸이 앙상히 뼈만 남았다. 코끼리처럼 뭉툭했던 다리가 얇은 나무막대기처럼 길고 삐죽하다. 글쎄, 이틀 전에는 '브라보'를 외쳤는데 다시 불안이 엄습했다. 아침에 일어나면 몸무게, 체온, 혈압, 맥박, 혈당을 확인한다. 체온이나 맥박은 변동 없이 일정한 수치를 이어가고 있다. 높이 치솟았던 혈압도 내려가기 시작했는데. 급속히 빠지는 체중이 문제였다. 기록표를 사진으로 찍는데 성조가 소리를 높였다.

"뭐 하려고? 병원에 연락하려고?"

"……."

"연락하지 마. 이렇게 다리 부기가 빠지고 아프던 것도 없어졌으니 공연한 전화는 마시게."

"……."

"병원에 연락하면 또 응급실로 오라고 할 거고. 당신은 어찌 생각할지 모르지만 나는 응급실 가는 것이 정말 지겹다고!"

"……. 휴, 나는 안 그런 줄 알아요? 물론 당신 생각도 이해하는데, 지금껏 그때그때 확인해야 할 것들을 놓쳐서 여기까지 오게 됐다고요. 나도 이러고 싶지 않아요. 지난 30년 동안 얼마나 마음 졸인 줄 알아요? 그때마다 말도 못 하고 눈치만 보면서 지내왔단 말이에요. 미루고 미루다가 이 지경이 되지 않았나요?"

가시 돋친 내 말에 나도 정말 놀랐지만, 성조의 마른 얼굴은 끝내 일그러졌다.

이럴 때는 잠시라도 집 밖으로 나가야 한다. 그게 그간의 시간을 통해 터득한 최선의 방책이다. 길섶에는 찔레가 꽃도 없이 가시덤불만 길게 뻗어났다. 장미꽃 숭어리는 아직 초록 속에 묻혀 점점이 붉은 수를 놓고 있었다.

초록의 숲은 모든 생명의 숨이 들고 나는 통로다. 공기를 들이쉬고 내쉬는 것만이 숨이 아니다. 보고 느끼는 몸에도 초록의 결이 가슴께를 넓힌다. 그것이 초록의 숨이다. "초록 숲 초록 숲……." 몇 번 되뇌면 혀끝에서 숲이 일고 산들바람을 불러들였다.

북극해 연안에 사는 이누이트는 분노를 현명하게 다스린다. 아니, 놓아준다. 그들은 화가 치밀어 오르면 하던 일을 멈추고 무작정 걷는다고 한다. 언제까지? 분노의 감정이 스르륵 가라앉을 때까지. 그리고 충분히 멀리 왔다 싶으면, 그 자리에 긴 막대기 하나를 꽂아두고 돌아온다. 미움, 원망, 서러움으로 얽히고설킨, 누군가에게 화상을 입힐지도 모르는 감정을 그곳에 묻어두고 오는 것이다.

이식센터 담당 간호사에게 연락했으나 부재중이었다. 두어 시간 지나 전화를 걸어온 그녀는 오늘 뇌사자 이식이 있어 정신없이 바빴다고 했다.

"체중이 빠지는 것은 신장이 돌아오는 과정일 수도 있는데 하루에 2킬로그램씩 빠지는 것은 이 교수님과 연락을 해봐야겠어요."

"이틀 후면 이 교수님의 외래 진료가 있어요. 제 남편은 그 전에 연락하지 말라고 하네요. 걸핏하면 응급실로 달려갔던 게 하도 여러 번이라 남편은 정말 힘들 겁니다. 급히 가야 할 일이 아니라면 모레 외래에서 뵈면 어떨까요. 그래서 밖에 나와 전화드린 겁니다."

"소변량은 어떤지? 혹시 어지럼증을 느끼지는 않나요? 체중이 그렇게 빠지면 탈수가 올 수 있어요. 물은 잘 마시고요?"

"네, 먹는 만큼 소변도 나오고요. 탈수 증세도 없고 본인은 괜찮다고, 오히려 좋아지고 있다고 하는데, 노파심에서 연락드린 겁니다."

담당 의사와 의논한 뒤 간호사가 답신을 해왔다. 혈압약을 조절하는 처방에 물을 잘 마시라는 당부를 붙여서.

다시 이틀이 지나고 두 번째 외래 진료의 날이다.

"결론은 좋습니다."

이 교수의 가는 눈웃음이 마스크 위로 환하게 번졌다. 웃는다는 것은 사람의 얼굴이 해님도 되고 달님도 되는 눈부신 일이다. 이 교수의 미소 한 번에 성조의 회복 속도는 빛의 속도를 따라간다. 누군가에게 환하게 웃음 짓는 일은 눈부신 선물을 보내는 것이다. 웃어야지! 웃음이 최고의 명약임을 뻔히 알면서도 웃는 일이 쉽지만은 않았다.

"오늘 아침에 채혈한 결과는 모두 좋습니다. 신장 기능 수치도 1.21이고, 백혈구, 혈소판, 빈혈 수치가 모두 정상 범위로 올랐습니다."

"지난주 오실 때 72킬로그램이었다가 오늘 60.8킬로그램이니, 그동안 몸에 쌓였던 노폐물이 죄다 빠져나가고 있다는 증거지요. 이제 곧 건체중에 이르게 되고요."

성조는 결과치를 수첩에 기록하던 이 교수에게 바지를 걷어 올리며 종아리를 보여주었다.

"일주일 사이에 10킬로그램씩 빠져서 이건 또 무슨 일일까 걱정했어요. 이렇게 바짝 마르니 걷기가 한결 편하긴 합니다만."

"네, 좋습니다. 이식된 신장 상태가 워낙 좋아서요. 물론 3개월이 지날 때까진 조심하셔야 하고요."

백혈구와 혈소판 수치가 좋아졌다니. 면역억제제의 처방을 내리던 담당 의사에게 성조는 진심으로 고맙다는 인사를 건넸다.

"조혈 주사는 안 맞습니까?"

"네, 안 맞아도 됩니다."

"고맙습니다."

고맙다는 말은 또 얼마나 어여쁜 말인가. 고맙다는 말은 말간 하늘에 뭉게뭉게 피어오르는 구름 마냥 포근하다. 입술에 번진 미소가 귀로 찾아드는 진심의 팡파르다. 고맙다는 말도 많이 하고 살아야겠다.

오늘은 병원을 아침과 오후, 두 번을 걸어 오갔다. 지난주와 달리 걸음에 속도가 붙고 쉬어가는 시간도 짧아졌다. 신장 이식 후 하루가 다르게 기적은 손님처럼 찾아왔다. 다만 최선을 다할 때 찾아오는 손님이다. 세 번 웃으면 안 되는 일이 없다고 하지 않는가. 이 교수의 웃음이 세 번 피어오를 때, 절대 방심할 수 없는 3개월도 지나고 있겠지.

성조에게 서운한 감정이 들끓으면 마음이 쪼그라들곤 했다. 그러나 서운한 감정을 가만 들여다보면 그 한편에 나의 모진 구석이 언뜻 비추었다. 그것을 찾아내는 것 또한 사랑의 일이겠지. 사랑은 내 눈에 상대의 감정을 담아 마음을 살피는 일이니까. 그가 원하는 것을 해주는 것보다 싫어하는 것을 하지 않는 것이 어쩌면 더 큰 사랑이 아닐까, 하고 다독이고 다독인다.

공연한 공치사는 NO!

수술 직전의 신장내과 외래 진료 날이었다. 성조의 담당 의사인 이 교수는 수술할 때까지는 뵙지 못할 거라며, 다 잘될 거라는 응원에 덕담까지 건넸다.

5월 19일이 우리 부부의 35주년 결혼기념일이다. 그 기념으로 5월 20일을 수술 날짜로 제안했을 때, 이 교수는 '나도 저렇게 살아야지'라고 마음먹었다고 했다. 그 말이 투석실의 간호사들 사이에 미담으로 퍼졌다는 것을 나중에야 알았다.

"대단하세요."

"어떻게 그런 결정을 내리셨습니까?"

"쉬운 일이 아니잖아요."

우리 부부의 신장 이식 사건에 대해 듣고 주변에서 들려온 대표적인 인사말이다. '사건'이라고 말하는 것은 전보다는 수월해졌지만, 아직도 장기 이식은 단지 수술과 치료만이 아닌, 복합적인 환경과 간단치 않은 사연을 품고 있기 때문이다. 그런데 이 말에는 공여자에 대한 찬사만 수북하지 수혜자는 고려되지 않았다. 수혜자에겐 저런 인사말이 아무렇지 않게 들릴까. 특히 공여자가 아내이고 수혜자가 남편이라면.

수혜자에겐 "공덕을 많이 쌓았나 봅니다", "자넨 아내의 덕이 크군", "이제 새 생명을 얻었으니 잘 사셔야지……." 등으로, 듣다 보면 결국 공여자에 대한 칭송으로 마무리된다. 기증자는 수술 후 아무리 아파도 자신의 일부를 선물했기에 뿌듯한 보람이 따른다. 패망 직전의 조국을 구한 잔 다르크라도 된 듯, 무공훈장이라도 받은 듯 주변의 치하가 한동안 이어진다.

그런데 신장을 받은 수혜자의 마음은 어떨까. 평생 복용해야 하는 면역억제제와 지켜야 할 수칙들, 감염에 대한 부담감에 짓눌려 있는 수혜자다. 그러나 정작 힘든 건, 마누라 덕에 사는 사람이라는 주변의 따가운 눈길과 공여자인 아내가 재채기만 해도 봇물처럼 밀려드는 미안함이 아닐까. 신장 이식한 환우들의 커뮤니티에 올라온 글들을 보면 수혜자의 죄책감은 면역억제제와 함께 평생을 꼬리표처럼 따라다닌다.

15년간 투석을 한 어머니에게 신장을 기증한 딸 이야기다. 수술 전날 딸의 남편이 꺼이꺼이 소리 내어 울었단다. 사위가 울었다는 말은 장모에게 날카로운 가시처럼 가슴 한쪽을 파고들었을 것이다. 수술이 끝나고 몇 년이 지나도록 어머니는 딸에게 미안하다고 울고 또 운다고 한다. 근래에 시청률 높았던 의학 드라마에서도 아버지가 아들의 신장을 받은 후, 아들의 얼굴을 제대로 쳐다보지 못하는 장면이 이어진다. 공여자에 대한 미안함은 있을 수 있다 해도, 미안함이 죄책감으로 이어지지 않도록 공여자와 수혜자의 마음 돌봄 같은 프로그램이 따라야 하지 않을까 생각한다.

자주 만나는 형님도 우리 부부의 신장 이식은 충격이었다고 했다.

"형님, 신장이 참 고마운 것이 두 개 중 하나를 제거하더라도 나머지 한쪽 신장이 보상작용을 해 신장의 기능을 정상적으로 수행할 수 있대요. 참 다행이지 뭡니까. 그러니 살 사람은 다 살게 마련이라니까요."

아들은 엄마에게 제가 해야 마땅했을 일을 대신 해주어 미안하고 고맙다는 말을 하지 않았다. ""엄마, 괜찮겠어요? 괜찮아요?"라는 말만 자주 물어왔다. 그 한마디에 고맙다, 미안하다는 말로 할 수 없는 아들의 깊은 마음이 담겨 있음을 알고도 남는다. 수술 후 통증이 심할 때마다 엄마 곁에 서 있던 근심 어린 얼굴에, 아들의 마음이 낱낱의 글자로 쓰여 있었다. 그렇다고 괴로워할 일은 아니다. 뇌사자의 장기를 기다리는 수많은 환우에 비하면 엄마의 생체이식이 가능했던 것은 천우신조이고 축복 같은 일이지 않은가. 아들은 살아갈 길이 멀고 부양할 가족도 있는 마당에, 다행히도 신께서 내게 남편과의 교차반응에 음성이라는 선물을 내리지 않았나. 그거면 다 된 것이다. 공여자에 대한 병원의 당부는 따로 없는 편이다. 정기적으로 신장 기능을 검사하고, 물을 잘 마시고 적당한 운동을 꾸준히 하라는 정도였다. 그리고 만에 하나 내게 아들이 걱정하는 일이 생기더라도, 그것은 하나의 신장으로 인해 일어나는 일이 아니라 언젠가 오게 될 질병이지 않을까.

친정 언니에게는 내 신장 하나를 성조에게 주었다는 말을 지금껏 하지 않았다. 회복되고 일상으로 돌아가면 그때 말씀드리자는 성조의 의견을 따랐고, 언니도 어떻게 생각할지 몰라서 미루는 중이다. 그만큼 성조의 마음속에는 미안함이 똬리를 틀고 들어앉아 있는 것이다. 신장을 내어준 공여자는 수혜자를 연민으로 품는 일까지 감당해야 하고, 그의 자존감을 언제나 존중해야 한다. 수혜자의 심리적 고통마저 끌어안을 것 또한 공여자의 몫일 테니까. 살아 있어 고마운 일을 우리 부부는 몸소 체험 중이다.

수술 후 두 달이 되었다. 성조가 퇴원하고 신장내과 외래를 세 번째 다녀왔다. 6월도 중순을 넘었고, 병원으로 가는 길에 붉은 장미는 비가 오지 않은 탓인지 마른 숭어리를 무겁게 떨구고 있다. 짙어가는 녹음 속에서 석류꽃만이 홍일점의 자태를 뽐내고 있다. 장미는 누렇게 뜬 꽃잎으로 한때의 찬란한 시절을 아쉬워하고, 석류꽃은 자신의 빛깔로 초록을 빛내고 있다.

72.1킬로그램으로 퇴원한 성조의 몸무게가 열흘이 넘도록 57킬로그램에 머물고 있다.

"드시는 것은 어떻습니까. 잘 먹습니까?"

"혹, 설사는 하지 않습니까?"

"소변은 괜찮습니까?"

"이식한 부위가 아프거나 뻐근하지는 않습니까?"

늠름한 풍채로 주변의 눈길을 사로잡던 성조가 깡마른 노인이 된 모습에, 이 교수도 체중 기록지를 꼼꼼히 살폈다. 신장의 기능이나 백혈구, 약물 농도 수치는 정상 범위로 '좋습니다!'였다. 암, 그래야지, '좋습니다!'라는 결과가 따라야지. 다 이렇게 되라고 이식한 것이 아닌가.

　몸에 남았던 노폐물과 부기가 빠지니 종아리를 뻐근하게 옥죄던 경련도 풀렸다. 병원까지 쉬지 않고 걸었다. 깡마른 몸으로 휘적휘적 걸어가는 성조가 6월의 뜨거운 볕에 녹아들 것 같았다. 면역억제제의 농도도 높고 감염을 최대한 조심해야 하는 때라, 모자를 쓰고 선글라스와 마스크로 얼굴을 가리고 걷는 성조를 한 발자국 뒤에서 따라 걸었다. 에스컬레이터를 타고 내려갈 때는 앞에서, 올라갈 때는 뒤에서 그를 지킨다. 성조의 수호천사로 오늘도 앞서거니 뒤서거니 한다. 나란히 밤하늘의 별을 쳐다보는 것만이 아니라, 때로는 등 뒤에서 지켜보고 걸어가는 것이 사랑 아닐까.

사랑은 말이야

너를 알고 싶어
앞에서 걷다가
뒤를 돌아보곤 했지.
그러다 한두 발짝 뒤로 쳐져 나란히 걸었지.
그런데 언제 그랬는지 모르게
뒤에서 걸어가더군.

사랑은
너를 알기 위해 걷다가 나를 알게 되는 일이었어.
뒷짐 진 등을 바라보며 걸어가는 일이었어.

그게 사랑이고 연민이더군.
허…….

석 달 열흘 만의 출근

세상이 푹 젖었다. 며칠 전부터 창문을 툭툭 건드리던 빗소리가 새가 부리로 창을 쪼아대는 소리로 들려 화들짝 놀라곤 했다. 창밖의 목련 나무는 무거운 빗줄기를 받아내느라 힘이 탕진되었는지 싱그러운 잎맥을 뻗어내던 잎사귀가 꼬리를 축 늘어뜨렸다. 줄기차게 내리던 비가 주춤하자 인도에 깔린 보도블록 틈새에서 이끼가 파랗게 돋아났다. 슬리퍼 뒤꿈치에 이끼의 초록빛이 물들었다.

양산 통도사의 뒷자락에 풍류를 즐기던 스님의 소박한 암자가 있다. 스님은 암자의 처마 아래에 파초 한 그루를 심었다. 파초의 자태는 시원하다 못해 가슴 서늘하게 푸르렀고, 처마에 닿을 듯 높이 솟아났다. 비 오는 날이면 스님은 그 곁에서 우중 풍경의 정취에 빠지곤 했다. 툇마루 앞에 의젓하고 당당하게 섰던 파초는 펼쳐놓은 우산같이 널따랗고 푸른 잎을 가졌는데, 비가 오는 날이면 암자의 창호 문을 활짝 열어두고 파초의 널따란 잎을 튕기며 떨어지는 빗소리를 벗 삼아 차를 마시고 글을 썼다. 스님의 운치에 비교할 바는 아니지만, 굵은 비가 내리는 날이면 창가에 난 화분을 내어두고 좁다란 난 잎을 따라 흘러내리던 빗방울에 심취했던 적도 있었다.

　병원에서 집으로 돌아온 후 창을 후드득 두들기던 빗소리는 지친 마음을 어루만지듯 방울방울 가슴으로 스며들었다. 그렇게 일주일이 지나고 나서 비는 무섭게 돌변했다. 간밤에는 자정이 지나자 하늘이 찢어지기라도 하는 듯 날카로운 굉음이 들렸고, 사이사이 섬광이 번쩍였다. 이어서 물 폭탄이 터지고 굵다란 빗줄기는 창문을 깨트릴 기세로 쏟아졌다. 뉴스에는 채 여물지 못한 복숭아가 떨어져 나뒹굴고, 작물을 일으키던 농부는 땀인지 눈물인지 검게 그을린 손으로 눈가를 연신 훔쳐대는 장면들이 이어졌다. 산사태로 무너진 펜션에 휴가 간 일가족이 매몰되고, 아들의 결혼을 열흘 남긴 노부부가 허물어진 전원주택에 묻혀 사망했다는 비보가 기자들의 다급한 목소리를 통해 전해졌다.

열흘 전 이식 후 3개월 만에 신장 초음파부터 심장 조영, 방광 X선 촬영, 신장 조직검사까지 면밀한 검사를 받기 위해 성조가 다시 입원했다. 2박 3일 동안 입원을 하는 게 통상적이지만 성조의 경우는 하루가 더 길었다. 신장부터 방광까지 연결했던 요도관을 제거하고, 신장 조직검사 등 비중이 큰 검사가 겹쳐 주의 깊게 살펴야 할 필요가 있기 때문이다. 혈당이 크게 올랐으나 면역억제제의 영향이라며 다시 약 처방 조정에 들어갔고, 투석할 때는 심장 표면에 물이 맺히기도 했으나 이식수술 후 심장 표면이 매끈해졌다는 검사원의 말을 성조는 뿌듯하게 전했다.

몸무게는 여전히 58킬로그램이고, 혈압은 130대로 유지되고 있다. 전보다 기능이 전체적으로 좋아지고 있다. 이식 후 정말 조심해야 할 BK바이러스가 검출되지 않아 가슴을 쓸어내렸다. BK바이러스는 면역이 억제된 신장 이식 환자에게 나타날 수 있는 위험요소다. 신장이식 환자의 1~10퍼센트가 이 질병을 겪게 되고, 그중 80퍼센트는 이식받은 신장이 제 기능을 하지 못하게 된다. 이식된 신장의 기능을 해치는 바이러스라니 상상만 해도 두렵고 무섭다.

완화의료에 종사하는 이에게서 듣기를, 흔히 병상을 지킬 때는 환자가 고통에 몸부림치는 모습을 지켜보면서 그 고통을 함께 나눈다. 그러다가 차차 환자에게 간섭하게 되고 심지어 죽어가는 사람에게까지 부모 노릇을 하려 든다. 물론 안타깝고 애처로운 마음에서 비롯된 일이겠지만, 자꾸 간섭하다 보면 환자가 원치 않는 방향으로 흘러가기도 한다고 했다. 환자의 고통을 덜어주려는 게 아니라 아예 환자에게서 고통을 없애버리려는 것처럼, 환자가 스스로 애를 쓰는 것을 무시하거나, 온갖 의견과 개입으로 환자의 고통을 압박할 수도 있다. 환자에게만 스트레스나 고통이 따르는 것이 아니므로, 보호자 또한 마음을 다스리지 못하면 조급함으로 인해 섣부른 판단을 할 수 있기 때문이다. 그 마음 챙김이 슬그머니 압박으로 와 닿거나 혼란스러울 땐 집 밖으로 나가 정처 없이 걷곤 했다.

우리 부부는 100여 일 동안 스물네 시간을 같이 지냈다. 천생연분이니 일심동체니 수술 전에 펄럭였던 현란한 수식어가 회복기에 이르러 시나브로 퇴색되어감을 느꼈다. 성조의 담당 의사는 잘 먹는 일도 중요하지만, 근육량이 줄어들지 않도록 꾸준히 운동하라고 진료 때마다 당부했다. 그런데 내가 보기에 근육량을 키우기는커녕 고정식 사이클로 10여 분 동안 페달을 돌리는 게 운동의 전부였고, 붙박이로 텔레비전을 시청하다가 소파에 머리를 대고 졸기 일쑤였다. 그렇게 졸고 있는 성조를 보면 억누르고 있던 뿔이 슬며시 돋아났다. 순간적으로 자제력이 흔들리고 위기의식 같은 게 느껴졌다. 지금껏 그렇게 몸을 함부로 쓰다가 몸이 망가졌는데, 아내로부터 힘을 받았으면 전과 확연히 달라져야 하지 않나?

'이러라고 내가 신장을 준 줄 알아? 물론 기운이 없겠지. 나도 한 달 내내 그랬으니까. 새 신장이 적응 단계에 있으니 힘든 건 이해해. 그러니까 나도 영양을 고민하면서 삼시 세끼를 챙기고 어떻게 하면 기운을 돋울까 애쓰고 있는 거잖아. 그런데 수술 전과 뭐가 달라졌지? 몸 꼼지락거리거나 고맙다는 말 한마디 건네는 데는 인색하게 굴면서 잔소리는 그대로고, 도대체 뭐가 변한 거지?'

'글쎄, 당신은 변했다고 하지만, 다른 사람이 보기엔 전혀 변한 게 없어. 욱하는 성질이 없어졌다고? 그건 나와 아이들이 당신 비위 맞추려고 조심하고 있어 그런 거야. 이렇게 나 혼자 중얼거리며 한숨 쉬는 것도 30년 동안 해온 일이지. 나는 정말 큰소리로 내 속 얘기를 주머니 속 먼지 털듯 다 털어놓고 싶어. 누군가 그러더라고. 참지 말라고. 참지 않는다고 말은 했지만, 그 말이 자존심을 어쩌나 건드리던지. 참고 또 참는 습관이 몸에 밴

내가 한심할 뿐이야. 그런데 안 참으면 뭘 어떻게 하겠어. 겨우 집 밖으로 나와 한 30~40분 걷다가 다시 마음 다독이고 들어가 밥 준비하는 거겠지. 그게 한심하게도 나란 말이야. 그런데 말이야. 오늘 2주 만에 당신과 병원으로 가면서 기분이 좀 가벼워지더군. 당신의 걸음걸이가 전보다 나아졌더라고.'

'아, 누가 또 그러더라. 그 나이에 나가 돈 벌어오는데, 참는 수밖에 더 있겠냐고. 그 말에는 정말 아무 대꾸도 못 하겠더라고. 젊은 사원들 눈칫밥 먹어가며 일하느라 얼마나 애쓰겠나 생각하면 말이야. 내가 이렇게 구시렁거리는 것도 당신 노고에 비하면 조족지혈이겠지. 그러고 보면 당신이 벌어온 돈을 내가 마음 놓고 쓰기는 했어. 그래 그건 정말 고맙지, 뭐야.'

이렇게 중얼중얼 혼잣말하면서 걸을 때가 한두 번이 아니었다. 가끔 화가 치밀어 오르면 이누이트처럼 화가 풀릴 때까지 걸었다. 화가 풀리려면 한 사흘을 걸어야 할 것 같은 날도 결국 다시 집으로 들어갔다. 성조에 대한 병원의 당부 중에 '스트레스를 받지 마세요!'가 감염 조심 다음으로 2순위였기에. 아, 처방대로 면역억제제를 제시간에 먹는 것은 0순위!

머리가 나쁠수록 말을 많이 하지 않던가. 그래, 입을 적게 움직이고 머리를 많이 움직이라던 아인슈타인의 말을 곱씹으면서 길고 깊은 한숨을 쉬고는 집으로 발걸음을 돌렸던 며칠간이었다.

　성조가 석 달하고 보름 만에 회사에 출근했다.

　운전 중 저혈당 쇼크로 큰 사고를 낼 뻔했던 순간의 트라우마와 당뇨 합병증으로 발바닥과 발가락의 감각이 무뎌진 후로 자가운전을 하지 않은 지 벌써 몇 해가 되었다. 대중교통을 이용할 때는 하루에 만 보 가까이 걸을 정도로 걷기 운동이 일상화되었다. 그러다 코로나19의 재확산으로 사회적 거리 두기의 지침이 있고부터는 택시로 출퇴근을 했다. 휴대폰으로 택시를 호출하는 앱을 깔고 나니 성조의 출퇴근이 한결 편해졌다.

　빗발이 다시 굵어지기 시작했다. 마침 택시가 도착했다. 성조의 가방에는 회사에서 쓸 용품 몇 가지와 빵과 두유, 그리고 도시락이 들어 있어 꽤 묵직했다. 100여 일 만의 출근길은 자신의 삶에 새로 뚫린 조금은 낯설고 두려우며 설레기도 한 길이리라. 택시의 꽁무니를 한참 지켜보면서 '부디 무탈하게 다녀오시라'고 또 혼잣말로 중얼거렸다.

　"새로웠지."

　퇴근하고 돌아온 그의 한마디에 매일 오가던 회사와 집 사이의 길을 어쩌면 다시 오갈 수 없으리라는, 100일 전의 비애가 서렸다. 택시가 지나는 길에는 거래처의 사장과 점심을 나누던 복국집도, 아내에게 선물했던 만년필 가게도, 아들과 커피를 마시던 카페도 있었다. 직원들과 회식을 하던 추어탕집 간판도 그대로였다. 이 모든 것들을 잃어버릴지도 모른다는 마음에 회사에 있는 짐을 챙겨왔었다. 챙겨온 짐을 회사로 되가져가며 성조는 익숙했던 거리 풍경도, 자신의 집무실도, 결재받으러 온 직원도 모든 것이 다 새롭더라고 했다.

한 달이 지나고부터 다시 지하철을 이용했다. 봉은사역에서 내려 회사까지 걸어갔다. 회사로 걸어가는 길 양쪽에 드리운 나뭇가지와 푸른 나뭇잎은 물론이고 가게의 간판들조차 성조의 발걸음에 격려를 보내는 듯 새로웠다. 사람이야 시시각각 변하지만, 그에게 익숙했던 것들은 다 온전히 제자리를 지키고 있었다. 회사 직원들은 깡마른 노인의 모습으로 나타난 성조가 궁금했겠지만, 마음 놓고 물을 수도 없었으리라.

"회사에 가면 100일이 넘도록 출근하지 않았던 당신이 궁금할 것 같은데, 이런저런 큰일을 치르고 왔노라고 솔직하게 말하는 게 어때요?"

"굳이 알릴 필요가 있나."

어차피 알게 될 일이라면 아예 솔직히 드러내고 모든 분의 도움도 바란다고 하면 어떨까 하는 마음에서 물었으나, 역시 성조는 자신의 스타일대로 굿굿했다. 거래처 사장과 점심 식사할 때 무슨 수술을 했냐고 물어왔단다. 그분과는 교분도 다소 깊은 편이라 편히 말할 법도 한데 슬쩍 피해갔다는 걸 보면, 성조는 드러내고 싶지 않은 것이다. 그렇다면 그대로 인정하고 따라야지.

사람과 사람 사이에는 바람이 지나는 길이 있어야 한다. 아무리 부부지간이라도 남편은 아내에게, 아내는 남편에게 부모 노릇을 해서는 안 되는 것이다. 그리고 자신의 추측대로 상대방을 속단해서도 안 될 것이다. 부부가 아니더라도 함부로 단정해서는 안 되는 대상이 사람이다.

코로나19를 떠나서도 성조는 주야장천 마스크를 써야 했다. 역설적이게도 너나 할 것 없이 마스크를 써야 하는 시대가 되니 혼자 별난 사람 취급을 받지 않아도 되긴 했다.

별난 고개 다 넘어온 성조 씨! 새로운 세상 새롭게 잘해봅시다.

산다는 게 말이야

성조의 아침상을 차리는데 휴대폰 착신음이 울렸다. 화면에 후배의 이름이 떴다. 출근길이 밀려 수다를 떨 참인가, 마침 시간이 났으니 일찌감치 어디 가까운 데라도 바람 쐬러 가자는 건가, 화성에 집을 알아본다더니 이사 가게 되었나, 때 이른 전화라 그 까닭을 헤아리며 밥을 푸다가 휴대폰을 어깨 위로 갖다 대었다.

"선생님……, 남편이……."

"우준이 아빠가요……."

평소와 다른 목소리였다. 전화를 거는 곳이 어수선해 보였다. 방금 헤어져도 전화할 때는 '선생님, 안녕하세요!' 깍듯한 인사로 시작하는 목소리가 푸른 나무 아래 새소리같이 명랑해 성씨인 '송'을 '쏭'으로 불러왔던 후배였다. 그런데 오늘따라 후배의 목소리가 급류를 만난 듯 다급하고 떨리기까지 했다. 순간 불길한 생각이 스쳤지만 잘 알아들을 수가 없었다.

"쏭! 왜? 무슨 일이 있는 거야?"

"우준이 아빠가 죽었어요."

후배는 남편이 죽었다는 한마디 말을 겨우 꺼내고 참았던 울음이 터져버렸다. 밥을 푸던 주걱을 솥에 걸쳐 놓은 채 휴대폰을 들고 방으로 들어갔다. 어딘가 주저앉아야 할 것같이 다리가 후들거렸다. 그야말로 마른하늘의 날벼락이었다. 비보를 전할 정신도 없었을 텐데 전화를 해준 후배가 한편 고마웠지만, 어쩌다가 그런 일이 생겼느냐고는 묻지 않았다. 남편의 사인부터 확인하는 것은 졸지에 미망에 놓인 후배에게 못할 짓이라고 생각했다. 사방이 캄캄하고 아득한 곳에서 떨고 있을 후배의 얼굴이 눈앞에 어른거려 얼른 가겠다는 말만 하고 전화를 끊었다. 허둥지둥 차린 밥상에 앉은 남편이 숟가락을 드는 것도 못 보고, 서둘러 S병원 장례식장으로 향했다.

코로나 재확산에 태풍까지 겹치는 뒤숭숭한 시절에 후배는 남편을 잃었다. 역대급이라고 단단히 대비하라던 태풍 바비가 새벽녘에 수도권을 비껴갔다. 밤새 쓸고 간 거센 바람에 부러진 나뭇가지들이 볼썽사납게 흩어져 있었고, 가지로부터 떨어져 나온 나뭇잎들이 처참하게 흩어져 바닥에 들러붙어 있었다. 오랜만에 타는 지하철이다. 마스크를 하지 않으면 승차를 할 수 없다는 공지문이 크게 붙었고, 거리 둘 형편이 못 되는 지하철 안 승객들이 바짝 붙어 앉았지만, 쥐 죽은 듯 조용하기만 했다. 느닷없는 재채기 소리에 주변의 시선이 쏠렸다. 문가에 서 있던 청년이 마스크 위를 손으로 가렸고, 가까이 섰던 몇은 흘끔거리며 청년 주변에서 한 발짝씩 물러났다. 작은 재채기에도 화들짝 경기를 일으키는 세상이 되어버렸다.

병원 셔틀버스 기사는 타는 승객마다 열이 있느냐, 기침을 하느냐고 물었고, 장례식장의 입구에서도 열 감지 카메라로 체온을 측정하고 출입자의 신상을 명부에 기록했다.

빈소에는 벌써 조화가 행렬을 이루고 거리 두기로 인해 조문객의 줄이 길게 늘어서 있었다. 빈소 입구에 고인의 사진과 유족의 이름이 쓰인 모니터가 있고, 한 사내가 모니터 속에서 웃고 있는 고인의 얼굴에 손바닥을 댄 채 망연히 서 있었다. 다시는 볼 수 없는 얼굴이 되어버린 고인의 얼굴을 자신의 손바닥에 새기기라도 하듯 쓰다듬고 또 쓸어내렸다. 한참을 그렇게 서 있던 사내는 손바닥으로 눈가를 훔치며 돌아섰다.

우준이 아빠는 쏭과 S대 교내 찻집을 준비하면서 한두 번 만난 적이 있다. 큰 두 눈에 선한 웃음을 간직했던 우준이 아빠는 대학 커플로 만난 쏭과 삶의 지향이 한 방향이었던 금실 좋은 부부였다. 얼마 전 건강검진에서도 혈압만 약간 높을 뿐 별 이상이 없다고 들었고, 부부는 인생 후반전의 삶의 질을 결정짓는 첫 번째 조건이 건강이라며, 운동으로 체력을 다져가던 중이었다. 검은 상복을 입은 미망인이 된 쏭을 보자 애써 참았던 눈물이 터져버렸다.

성조에게 당뇨병이 생겨 학교에 사표를 내고 서울로 올라온 지 얼마 지나지 않았을 때다. 아파트 주차장에 대기하고 있는 앰뷸런스로 몇 사람이 급하게 뛰어갔다. 다음날 들은 바로는 앰뷸런스에 실려 갔던 사람이 사망했다고 했다. 쉰두 살의 사내는 당뇨병을 앓고 있었다고도 했다. '당뇨를 앓다 보면 쉰에 접어든 사람이 죽기도 하는구나'라는 생각에 미쳤고, 성조와 나는 악몽의 그늘 같은 불안을 떨쳐버릴 수 없었다. 쉰 후반에 이르러 당뇨 합병증이 생기고 혈압까지 높아지면서 급기야 신장 기능에 대한 경고까지 받으니 이러다 상복을 입게 되는 것은 아닌가, 지레 겁을 먹곤 했다.

서른 후반에 불청객처럼 찾아온 당뇨병부터 지금껏 30년 동안 성조의 병고는 한쪽 어깨에 짊어진 짐이었다. 성조의 병만 나으면 다른 욕심을 부리지 않으리라는 소망이 있었다. 그런데 당뇨라는 게 약만 먹는다고 해서 낫는 병이 아니지 않은가. 자신의 몸을 세심히 들여다보고 몸이 말하는 언어를 알아들을 수 있는 귀가 생길 때 병을 극복하는 실천법이 나오는데, 성조는 그것을 간과했던 것이다. 약 하나 꾸준히 먹으면 만사 오케이 될 줄 알았다. 그러다 하나둘씩 여러 증세가 드러나면서 성조는 몸만이 아니라 마음까지 잠식되어갔다.

행복은 성적순이 아닌 것처럼, 사람의 수명은 나이순이 아니다. 건강했던 우준이 아빠가 갑자기 비명에 세상을 뜨고, 배시시 웃는 얼굴이 곱던 후배가 검은 상복을 입고 있다. 사는 일은 한 치 앞을 모른다는 말을 이렇게 눈앞에서 확인하고 있다.

엊그제 우준이 아빠의 49재를 지낸 후배가 장 보러 다니던 시장통에도, 자주 산책하던 양재 숲과 대모산 기슭에도 남편과 함께했던 자취는 그대로인데 우준이 아빠만 없다고 울먹였다.

"남에게 해 한 번 끼쳐본 적 없는 착한 사람이 왜 이렇게 서

둘러 가야 하지요. 마음에 그리던 사람을 만나 결혼하고, 지금껏 살아오면서 늘 자랑스러웠던 좋은 사람인데, 왜 이렇게 빨리 가야 했을까요? 대체 그 이유가 뭘까요?"

후배보다 몇 살 더 많은 나로서도 산다는 게 뭔지 아득하기만 한데 무엇이라고 답을 해야 할까. "그저 몇 년 세월이 흐르면 알게 되겠지"라고 얼버무리듯 하나 마나 한 말을 하고 말았다. 죽음은 신이 관장하는 일이므로, 그 앞에서 인간은 정말 속수무책이다. 그렇지만 후배는 어떻게든 버티어갈 것이다. 남편과 함께했던 소중한 기억이 힘이 되어 그녀를 지켜줄 것이므로.

"정호야, 다시 생각해. 나라면 남편에게 신장 안 준다. 다시 깊이 생각해봐"

수술 전 나의 이식수술을 한사코 만류하던 선배가 며칠 전에 전화를 걸어왔다.

"나 위로받고 싶어. 막냇동생이 사흘 전에 세상을 떠났어. 급성장염인데 추석 연휴가 끼어 있어 병원에 가지도 못하고 미루다가……, 그만……."

"너 정말 잘했다. 동생이 갑자기 세상을 떠나고 나니……, 불쑥불쑥 네 생각이 나더라. 얼마나 아팠을까 생각도 했지만, 남편에게 네 것을 준 것은 정말 잘한 일이야. 존경하고 사랑해."

곁에 있던 막내가 갑자기 비명에 가자 '산다는 게 뭔가, 살아 있을 때 한 가지라도 더 나눠 주는 게 결국 삶에 남는 것 아니겠나, 천년을 살 것같이 욕심부리고 살아봐야 결국 남는 게 없더라고'라는 말로 들렸다.

사람은 깊이의 정도와 시간의 차이가 있을 뿐, 누구나 병들고 언젠가 죽는다. 아프지 않은 사람도 없지만, 내가 아닌 다른 사람의 아픔을 이해하기는 쉽지 않다. 그래서 아프지 않은 사람이 무심코 던지는 위로의 말이 아픈 사람에게는 섣부른 연민이나 동정에 그칠 때가 종종 있다. 사람이 태어나서 말을 배우는 데 보통 2년이 걸린다고 한다. 그런데 침묵을 배우는 데에는 60년이 걸린다는 말이 있다. 침묵이 말보다 어렵다는 얘긴데, 그 말은 진정성이 담기지 않거나 숙고하지 않은 말은 침묵보다 가볍다는 의미 아닐까.

물론 나를 위해 한 말이었겠지만, 나흘 전만 해도 신장 이식을 만류했던 선배가 동생의 죽음을 목도하면서 비로소 깨닫게 된 것이다. 진정 나를 위하는 것이 만류가 아니라 응원이었다는 것을.

나에게 치명적이지 않은 것을 누군가를 위한 선물로 내어놓을 때, 나의 빈자리에 자유가 머물고 그 자유가 인생을 풍성하게 한다는 것을 어렴풋하게나마 깨달을 수 있었다. 그런 생각으로 성조에게 내 일부를 선물로 내어놓을 때도 두려움이 없었다. 오히려 나의 삶이 조금 더 완성되어 간다는 충만함, 욕망의 구속으로부터 조금 더 자유로워진다는 해방감에 묘한 설렘이 따르기까지 했다. 인생은 자신을 내어주고 다른 이를 받아들임으로써 보다 성숙해지고 충만한 자유를 얻는다. 기꺼이 내어주고 겸허히 받아들이는 것이 사랑이며, 사랑을 이루면서 살아가는 것이 삶이리라.

성조에게 내어주고자 할 때는 자유롭고 충만했는데, 막상 회복기에는 이러저러한 불만들이 쌓였다. 아직 내가 덜 여물고 덜 성숙해서 그런 것이다. 이 글을 쓰는 동안 성조의 귀는 꽤나 간지러웠을 테다. 내가 워낙 성조에 대해 투덜거렸으니까. 그래서 그런지 그도 아내가 글을 쓰고 있다는 것을 알면서도 아예 읽으려 들지 않았다. 곱디고운 말로 감싸주며 그를 끝까지 떠받들어야 하는데, 그런데 글이란 게 그런가. 마음을 긁어다 붙이는 게 글인데 진심이 바탕이 되어야 하지 않겠나. 공치사도 핑계도 대지 않는 게 진심이니까.

끊임없이 변하고 좀처럼 만족하지도 못하고, 안간힘을 써서라도 가진 것을 놓지 않는, 아니 더 가지려 드는 게 인간이다. 그러나 그런 인간들도 누구 하나 할 것 없이 맞닥뜨릴 수밖에 없는 것이 죽음이다. 모든 순간은 지나가며 모든 것은 변해간다. 너도, 나도, 우리 모두의 인생도, 세상도 이 명제 앞에서 우리는 절대 자유로울 수가 없다. 오랜 시간이 흐른 후엔 세상에 잠깐 스쳐 지나간 티끌에 불과할 나의 삶, 공허하고 부질없는 삶에 그래도 의미 하나 남기는 게 옳은 일이라면, 그것은 누군가의 마음에 씨앗을 뿌리는 일일 것이다.

고통을 받아들이는 방식

병원 가는 길

병원 가는 여름 길목에
밀려드는 매미 떼의 함성

마음 마음 마음
이 나무에서
마음이 먼저라

모옴 모옴 모옴

저 나무에서

몸이 먼저라

모옴 마음 마음 모음

몸이 먼저고

마음이 먼저다

여름 한 철이 매미에게는 일생이다. 매미 떼가 생을 다해 부르
짖는 '매앰 매앰' 두 글자가 '모옴 모옴', '마음 마음'으로 들렸다.

선과 악, 흑과 백, 부와 빈, 남과 여, 죄와 벌……, 이분법에 익
숙한 인간의 사고가 매미 떼의 노래마저 나눠 듣고 있다. 몸과
마음은 무엇이 먼저이고 무엇이 더 중요하다고 할 수 없다. 몸을
알고 몸의 주인이 되는 길이 마음을 알고 마음의 주인이 되는 길
이고, 마음을 제대로 알아야 몸을 챙길 수 있다.

B병원은 우리 동네에 생길 때부터 자주 찾던 이웃집처럼 친
근한 기관이었다. 병원을 기관이라고 하는 것은 진료를 위해 B
병원을 간 것이 아니라, 본관 2층에 모 은행 출장소가 있어 은행
일로 자주 들렀던 까닭이다.

어느 해인가, B병원 앞으로 높은 주상복합 빌딩들이 들어섰다. 옆 부지에는 다른 건물이 높이 치솟고 있었다. 성조의 급여일이라 입금 확인과 공과금을 처리하러 가던 길을 공사장 모래바람이 회오리를 일으켜 부옇게 가로막았다. 옷깃을 바싹 여미게 만드는 추운 날이었다. 당시 B병원은 지금처럼 매머드 병동들이 신축되기 전이었고, 지금의 본관인 단일 건물로 이루어진 곳이었다. 에스컬레이터 없이 계단으로 오르내렸으니 10년도 더 된 이야기다.

은행 출장소 창구 앞에서 순서를 기다리는데 옆자리에 한 여인이 와 앉았다. 느닷없이 흑흑, 흐느끼기 시작했다. 흐느낌은 낱낱이 흩어졌다 다시 모여 길게 이어졌다. 흐느낌이라기보다는 애간장을 끊어내는 곡성에 가까웠다. 우두커니 앉았다가 여인의 낮은 곡성에 가슴이 툭 떨어지며 무겁게 내려앉았다. 고개를 슬며시 돌리니 유순한 인상의 여인이 한 손으로 가슴을 부여잡고 다른 한 손으로 입을 틀어막은 채 녹아내리듯 슬피 울었다. 순서가 되어 공과금을 수납하고 통장 정리를 마쳤지만, 그냥 돌아설 수가 없었다. 여인의 옆자리에 되돌아가 앉았다. 틀어막고 우는 여인의 손가락 사이로 눈물이 줄기 되어 흘렀다. 주섬주섬 손수건을 찾아 건네고는 그녀의 어깨에 가만히 손을 갖다 얹었다.

여인의 곁에 선 청년은 어쩔 줄 몰라 황망한 표정이었다. 청년의 눈빛은 망연히 흔들렸다. 여인의 동생이라고 했다. 시간이 조금 흐르자 여인의 들썩이던 어깨와 흐느끼던 곡성이 잦아들었다.

"고마워요."

꺼지는 소리로 짧게 말하곤 다시 비통한 울음을 이어갔다. 동생이라는 청년에게 왜 그러냐고 눈짓으로 물었다. 매형이 투석 중에 돌아가셨다고 했다. 청년이 쳐다보는 눈길을 따라가니 은행 출장소 옆쪽으로 하얗게 칠한 유리문이 보였다. 유리문 위에 그곳이 인공신실임을 밝히는 표식이 붙어 있었다.

그제야 '인공신실'이란 특별한 장소가 병원에 있고, '투석'이라는 마치 돌팔매질로 와 닿기도 하는 거친 어감의 치료가 있다는 것을 알았다. 그전까지만 해도 투석을 담석, 결석처럼 병명으로 알아들었으니까……. 청년의 눈길을 따라간 인공신실의 문은 무거워 보였다. 결코 열리지 않을 것같이 보이는 저 문이 열리면, 여인의 남편이 하얀 천에 덮인 채 나올 것이다. 인공신실의 흰색 문과 투석의 거친 어감은 첫인상의 기억부터 지금까지 내내 무겁고 암울했다. 그때는 후에 우리 부부가 드나들 게 될 곳이라고는 추호도 생각하지 못했다. 여인은 투석 중 심정지로 인해 돌아오지 못할 길을 건너버린 남편을 그리워하며 10여 년의 시간을 보냈겠지. 딱 그만큼의 시간이 흘러서 우리 부부가 그 병원 인공신실의 낯설고 무거워 보였던 문을 열고 거친 돌팔매질 같은 투석을 받게 될 것이라고, 어찌 상상이라도 해볼 수 있었을까.

아파본 사람은 아픈 사람에게 말을 함부로 건네지 않는다. 아니 그렇게 할 수가 없을 것이다.

'힘내, 너보다 더 아픈 사람도 있어.' 더 안 좋은 상황을 떠올려 위로받고 용기를 가지라는 말은 결코 위로가 아니다. 아픈 사람에게 고통은 당면한 현실이지 상대적으로 받아들일 수 있는 판타지가 아니다. 그러니 끔찍하게 아파본 사람만이 고통의 심각성과 그것이 남긴 흉터를 알아보는 눈을 갖는 법이다. '고통은 선물이다'라는 말 또한 궤변에 지나지 않으며, 그저 책에 나온 몇 줄의 글을 빌려서 그럴듯하게 포장한 말이거니 했다. 그러나 끔찍한 고통과 치열하게 대결해본 사람은 궤변만이 아님을 알게 된다.

죽음 앞에서 모든 인간은 평등하다. 그러나 모든 이들에게 저마다 다른 모습으로 달려드는 것이 질병이다. 그것을 받아들이는 방식도 다르다. 지은 죄에 대한 형벌로 받아들이기도 하고 삶의 도전으로 받아들이기도 하며, 사람이라면 누구나 거치는 생로병사의 현상 중 하나로 받아들이기도 한다. 그런가 하면 씻을 수 없는 생의 모욕으로 받아들이기도 한다.

성조에게 삶은 한 단계씩 높여가던 장대높이뛰기였다. 그런데 당뇨병이 장대높이뛰기 선수의 장대를 꺾어버렸다. 30년 전이었으니, 단순히 생로병사 중의 하나로 받아들이기에는 너무 젊은 나이였다. 30대 중반, 세상에 자신의 발자국을 선명하게 찍어가며 도약을 위해 달려가던 길이 진흙탕이 되어버린 것이다. 병으로 한순간에 삶이 뒤엉켜버린 성조는 병의 유전인자를 물려준 부모를 원망할 수도, 그렇다고 몸을 함부로 방치했던 것에 대한 대가로 받아들일 수도 없었다. 그렇다고 일방적으로 몸을 침범한 병에 결연히 맞서겠다는 도전의식도 들지 않았다. 질병과 함께 살아가는 것은 참 뭐라 말할 수 없는 미묘하고도 난해한 더부살이다.

"고통을 사랑하라!"

나환자촌에서 오래도록 의료봉사를 한 폴 브랜드의 말이다. 날마다 엄습하는 공포와 통증으로 죽을 지경인데, 무슨 그런 시답지 않은 말로 아픈 이를 우롱하는가. 나환자들이 손가락이나 코가 없는 것은 그들이 감각을 잃어버렸기 때문이다. 팬이 뜨거운 줄도 모르고 손가락이 떨어져 나갈 때까지 잡고 있거나, 가려운 코를 상처가 덧나고 감염이 될 때까지 긁어 결국 코가 떨어져 나가기도 한다는 것이다. 어찌 보면 고통을 모르기에 더 처절한 고통을 겪는 나환자들이다. 그런데 고통을 사랑하라니? 이 말 또한 그가 나환자들을 위해 헌신적으로 봉사하지 않았다면, 결코 할 수 없었던 말이었을 것이다.

"류 선생, 사람은 몇 가지를 갖추면 좋을까요?"

"글쎄요. 저는 아직 삶을 잘 몰라서요."

"첫째는 착해야 해요."

"그렇죠. 어려서부터 착하다는 말은 최고의 칭찬이었어요. 착한 것이 최상의 것인 줄 알았거든요. 착한 일을 하면 칭찬도 받고 제가 쑥쑥 커가는 것 같아 기분이 좋았어요. 그다음은요?"

차(茶)로 인연을 맺게 된 정읍의 한 스님과 고궁박물관에서 열린 조선의 백자 달항아리 전시를 보고 경복궁 근처 식당에서 밥을 먹었다. 로맨티스트였던 스님의 방에는 늘 차향이 은은히 감돌았고, 클래식 음악이 낮고 웅장한 음향으로 퍼졌다. 벚꽃이 흩날리거나 붉은 단풍잎이 뚝뚝 떨어질 무렵엔 절의 고즈넉한 뜰에서 작은 음악회를 열기도 했다. 스님은 천천히 숭늉을 마시면서 말씀을 이었다.

"두 번째는 호탕해야 해요."

하긴, 그럴 것 같았다. 착한 사람은 담대하다기보다 지나치게 조심스러운 편이니까. 매사에 소심하다는 소리까지 듣게 되는 게 착한 사람들의 공통점이긴 했다.

"네……, 그 말씀에 정말 동감해요. 어려서부터 착하게만 살려고 하다 보니 어떤 때는 그게 발목을 잡더군요. 물론 그렇지 않은 사람도 많겠지만, 조심스러운 게 현명한 것과는 다른 것 같더라고요. 그런데 착해야 하고 호탕해야 한다……, 어렵네요. 저는 호탕하고 대범한 사람이 부럽긴 했어요."

잠시 틈을 두었다가 말을 이었다.

"호탕한 게 거리낌 없이 호기롭다는 말이겠지요. 사유의 폭이 바다같이 넓고 대범한 사람은 실은 저의 소망이기도 해요. 끝으로 세 번째가 궁금해지는데요."

스님은 뜸을 들이면서 슬며시 세 번째의 답을 내놓았다.

"안목입니다."

10년도 넘은 스님의 얘기가 불쑥 떠오르는 한밤이다. 착하고 호탕하고 게다가 안목까지 갖추었다면 지성과 감성과 의지를 골고루 품은 전인적인 사람일 게다. 그런데 그런 사람을 주변에서 찾을 수 있던가. 착하면 호탕하지 못했고, 호탕하면 은근한 깊이와 안목이 아쉬웠다. 그렇게 되고자 애쓰는 것만 해도 가상한 삶이 아닐까. 안목은 아무리 노력한다고 해도 한두 해 사이에 쌓을 수 있는 것이 아니지 않은가.

스님이 말한 세 가지를 환우에게 대입해보면 어떨까. 착하다는 건 의사의 말을 잘 따르면 환자일 테고, 끝까지 좌절하거나 포기하지 않고 병을 긍정하면서 치료에 임하는 자세는 대범하고 호탕하다고 말할 수 있겠다. 끝으로 자신의 몸과 마음을 섬세하게 살피는 안목까지 갖추면 치유의 길은 평온해질 것이다.

돌이켜보면 의지였든 사랑이었든 내가 가진 것을 내어줌으로써 한때 충만했다. 성조도 말없이 자신의 많은 것들을 내어주었다. 다만 병환이 아닌 일상 속에서 받았기 때문에 각인되지 않은 것뿐이다. 오랜 시간 지속적으로 진행되어온 헌신이야말로 위대한 것이다. 게다가 일상의 헌신은 생색낼 수도 없고 받은 사람 또한 당연한 것으로 여기기까지 한다. 지금에 와서 곰곰이 생각해보니 그건 절대 당연한 것이 아니며, 내가 병환 중인 남편에게 장기의 일부를 내어주었다고 해서 크게 부풀려지는 것 또한 면구스러운 일이다.

내가 의미를 두고자 하는 건, 단지 신장 하나를 내어주는 일이 아니다. 상대를 온전히 마음 깊이 받아들이고, 서로를 위해 인내하고 희생하는 것마저 내어주는 일이기 때문이다. 기꺼이 내어주고 겸허히 받아들이는 마음이 일치할 때, 이 줄탁동시(啐啄同時)의 아름다운 순간에 생명은 탄생하고, 삶은 한없이 깊고 자유로워지는 것이리라.

에필로그

인생의 한쪽 문이 열릴 때, 다른 한쪽 문이 닫힌다

오늘은 어떤 불교 노파, 그러니까 부처님을 믿는 할머니 한 분이 와서 우연히 어머니와 말씀을 하시다가 좀 들어가도 좋습니까 하고 물은 즉, 어머니가 들어와도 좋습니다 하니, 그 할머니가 들어와서 아기를 보고 하는 말이 아기 이마가 넓고 잘생겼으니 앞날에 큰 사람이 될 것이라고 말씀하시고 잠시 후에 행방을 감추었음.

돌아가신 아버님께서 단기 4288년 3월 13일에 쓰신 성조의 육아일기 한 대목이다.

아버님께선 성조가 태어나던 날부터 스스로 글자를 쓸 수 있게 된 여섯 살 때까지 다섯 권의 육아일기를 남기셨다. 아버님과 어머니께서 번갈아 쓰신 아들 성조의 육아일기는 우리 집안의 자랑거리이자 거룩한 유산이다. 나도 큰아들과 작은아들의 육아일기를 여섯 해 동안 쓰면서 아버님의 유산을 받들었다. 큰아들 내외는 요즘 식으로 사이버 공간에서 목련 꽃을 닮은 손녀가 커가는 과정을 사진으로 남기는 중이다.

그런데 앞날에 큰 사람이 될 것이라는 말을 남기고 홀연히 사라진 노파의 황당무계하기도 하고 전설의 고향 같기도 한 이야기는 그로부터 우리 집안의 전설이 되었다. 전설의 주인공은 30년이 지나 방석 일곱 개를 가진 처녀를 만났다. 어머니가 사진을 들고 간 점집에서 놓치지 말라던 일곱 개의 방석을 지닌 처녀는 아직도 그 일곱 개의 방석이 궁금한데, 믿거나 말거나 한 전설은 그로부터 다시 30년의 세월을 흘러오고 있다.

우리 부부가 어른 주먹만 한 크기의 콩팥 하나를 두고 벌이던 대장정의 수술도 여섯 달 전의 일이다. 수술 후 석 달 동안이 첫 번째 고비였고, 이어 여섯 달의 두 번째 고비를 넘겼다. 다시 여섯 달이 지나면 수술하고 한 해를 넘기게 된다. 그때도 신장 조직검사를 비롯한 몇몇 검사에서 '좋습니다!'라는 판정이 나오면, 생채소나 김치도 먹을 수 있을 정도로 안정권에 진입한다. 물론 면역억제제는 평생 복용해야 하지만.

무탈한 시간이 조금 더 흐르면, 하루하루가 미끄러운 바윗돌을 밟고 선 듯 긴장을 놓지 못했던 순간들도, 내 집 드나들 듯 왕래하던 병원 길도 아련한 기억으로 남을 것이다. 이식이 만병통치 수술도 아니고 '고생 끝 행복 시작!'이란 슬로건을 내걸 일도 아니지만, 절반의 고생은 끝난 셈이니, 절반의 행복이라고 할 수도 있겠다.

내 몸의 일부가 남편 몸으로 건너가 그의 일부로 자리 잡으면, 절반의 행복만으로도 모든 걸 얻게 될 줄 알았다. 인생살이는 각본 없는 한 편의 드라마다. 드라마의 묘미는 예상치 못했던 반전에 있다고 했던가. 성조가 수술 후 6개월의 고개를 담당 의사의 "좋습니다!" 판정으로 경쾌하게 넘어가던 때, 아이러니하게 이번엔 내가 성조가 입원했던 감염 예방 병동 1인 격리실에서 주렁주렁 매달린 주사 줄에 몸을 맡기고 있다.

몸살과 고열이 이어져 응급실을 찾았고, 급기야 입원 지시가 떨어진 게 얼마 전이었다. 여러 검사가 긴박하게 이어진 끝에 내린 병명은 급성 골수성 백혈병! 느닷없는 천형이었다. 지금껏 환자를 돌보던 건강한 보호자였는데, 이젠 내가 병을 직접 겪어내야 하는 풍랑에 휩쓸리게 된 것이다. 뭐라 말하기 힘든 인생의 곡절을 다시 치러야 한다. 돌아보면 내가 나를 너무 과신하고 예전에 하던 일을 끌어안다 보니, 이쯤에서 제대로 쉬어볼 기회를 주셨나 하는 생각마저 들었다. 아이러니한 것은 이뿐만 아니다. 항암치료를 이겨낼 수 있던 것은 성조의 그림자처럼 긴밀하고 묵묵한 보호가 따랐기 때문인데, 그 사이에 환자와 보호자가 바뀌어버린 것이다. 어찌 되었든 얼마간 잘 쉬면 이 천형 같은 병의 굴레에서도 차차 벗어나게 되겠지. 그러리라 또 한 번 굳게 믿어본다.

깨어보면 홀로 누운 병실인데, 고열로 혼미할 때마다 아득한 곳으로부터 어떤 목소리가 귓가로 흘러들었다.

"자네가 성조를 위해 한 치 망설임도 없이 콩팥 한쪽을 덜커덕 내놓겠다고 했을 때, 산들바람 이는 동산을 거닐던 나는 오랜만에 흐뭇했네. 지금 아픈 것은 하나 남은 네 신장에는 영향을 미치지 않을 거야. 그러니 그간 남편을 위해 헌신한다고 잔망스럽게 투덜거리던 날들에 대한 반성의 기회로 받아들이게."

"세상을 다 만들고 나니 가운데 자리가 비었더군. 새소리, 물소리, 꽃향기로도 채울 수 없는 허전함 같은 거 말일세. 실은 나도 외로울 때가 있지. 여북하면 어느 시인이 '신도 외로워서 눈물을 흘린다'라고 했을까. 떠도는 시 구절이 여기 산들바람 이는 동산까지 올라와 듣게 됐는데 순간 뜨끔해지더군. 그래서 나를 닮은 사람을 빚어냈다는 건 세상 사람이 다 아는 얘기고, 그 사람 또한 외로워 보여 갈빗대로 다시 여자를 지어냈는데, 둘은 서로를 알아보자마자 부부가 되었다네. 부부라는 게 그렇게 결속력이 강한 관계였던가 싶어 놀랐지 뭔가. 암튼 여기서 살 수 없어 인간 세상으로 내쳐진 건 지금까지 유감이네. 하지만 사람에겐 내가 예상치 못한 기특한 구석이 있더란 말이지. 사람들이 기꺼이 내어주고 겸허히 받아들이는 아름다운 장면에 눈물겹도록 감동을 받곤 한다네."

"사랑이란 게 뭔가. 상대가 간절히 원하는 것을 알아보고 그가 싫어하는 것은 멀리하는 게 사랑의 시작 아니겠나. 자네들이 '아픈 만큼 성숙해진다'는 말을 즐겨 쓰더군. 내 맘에 쏙 드는 말은 아니지만, 오죽하면 저런 말로 위로를 받을까 생각하면 애틋하기도 하지. 내가 그 말을 끄집어내는 것은, 아파본 사람만이 아픈 사람의 젖은 눈시울을, 아픈 사람의 턱밑까지 차오르는 숨가쁜 호흡을, 아픈 사람의 상처와 흉터를 살피고 이해하는 마음의 눈을 갖는다는 거야. 훗날, 산들바람 불고 지저귀는 새소리와 향기로운 들꽃에 감싸인 이 동산에 오를 때, 아픈 사람을 볼 줄 아는 눈과 아픈 사람을 품는 따뜻한 가슴이면 좋겠어. 누구나 혼자가 아니라는 것, 삶의 모든 길은 이어져 있다는 것을 부디 잊지 마시게……. 맞잡고 걸어온 자네 부부에게 축복을 보내네. 고맙네."

한때 내가 웅크리고 앉았던 간이침대에, 지금은 성조가 나의 보호자로 앉아 있다. 잠결에 들었던 음성과 함께 성조의 나지막한 목소리가 병상 위로 눈부시게 쏟아져 내렸다.

"아인, 당신이 나를 이렇게 건강하게 살려줬잖아. 우리 지금껏 잘 헤쳐 왔으니 앞으로도 그럽시다. 다 잘될 거요."